佐島 勤
Tsutomu Sato
illustration／石田可奈
Kana Ishida
illustrator assistant／ジミー・ストーン、末永康子

魔法科高中的劣等生 19

The irregular at magic high school

師族會議篇〈下〉

十文字克人
社團聯盟前總長。現在升學至魔法大學。「十師族」之一十文字家的當家。達也形容為「如同巨巖般的人物」。
「一条，去追捕顧傑！」
「這裡交給我來處理。去吧！」
司波達也
司波兄妹中的哥哥。就讀第一高中二年E班。擔任學生會書記（長）。在乎的只有身為「守護者」該保護的深雪，除此之外達觀一切。

魔法科高中的劣等生 19

The irregular at magic high school

師族會議篇〈下〉

背負某項缺陷的劣等生哥哥。
一切完美無瑕的優等生妹妹。
這對兄妹就讀魔法科高中之後，

風波不斷的每一天就此揭開序幕——

佐島 勤
Tsutomu Sato
illustration
石田可奈
Kana Ishida

Kadokawa Fantastic Novels

Character
登場角色介紹

司波達也

就讀於二年E班。
進入新設立的魔工科。
達觀一切。
妹妹深雪的「守護者」。

司波深雪

就讀於二年A班。達也的妹妹。
去年以首席成績入學的優等生。
擅長冷卻魔法。溺愛哥哥。

西城雷歐赫特

就讀於二年F班，達也的朋友。
二科生。擅長硬化魔法。
個性開朗。

千葉艾莉卡

就讀於二年F班，達也的朋友。
二科生。可愛的闖禍大王。

柴田美月

就讀於二年E班。
今年也和達也同班。
罹患靈子放射光過敏症。
有點少根筋的認真少女。

吉田幹比古

就讀於二年B班。今年起成為一科生。
出自古式魔法的名門。
從小就認識艾莉卡。

光井穗香

就讀於二年A班，深雪的同班同學。
擅長光波振動系魔法。
一旦擅自認定後就頗為一意孤行。

北山 雫

就讀於二年A班，深雪的同班同學。
擅長振動與加速系魔法。
情緒起伏鮮少展露於言表。

里美 昴

就讀於二年D班。
宛如美少年的少女。
個性開朗隨和。

英美・艾米莉雅・格爾迪・明智

就讀於二年B班，
隔代混血兒。
平常被稱為「艾咪」。
名門格爾迪家的子女。

櫻小路紅葉

就讀於二年B班，
昴與艾咪的朋友。
便服是哥德蘿莉風格。
喜歡主題樂園。

森崎 駿

就讀於二年A班，
深雪的同班同學。
擅長高速操作CAD。
身為一科生的自尊強烈。

十三束 鋼

就讀於二年E班。
別名「Range Zero」（射程距離零）。
「魔法格鬥武術」的高手。

七草真由美

畢業生。現在是魔法大學學生。
擁有令異性著迷的
小惡魔個性，
卻不擅長應付他人攻勢。

中条 梓

三年級。前任學生會會長。
生性膽小，個性畏首畏尾。

市原鈴音

畢業生。現在是魔法大學學生。
冷靜沉著的智慧型人物。

服部刑部少丞範藏

三年級。前任社團聯盟總長。
雖然優秀，卻有著過於正經的一面。

渡邊摩利

畢業生。真由美的好友。
各方面傾向好戰。

十文字克人

畢業生。現在升學至魔法大學。
達也形容為「如同巨巖般的人物」。

辰巳鋼太郎

畢業生。前任風紀委員。
個性豪爽。

關本 勳

畢業生。前任風紀委員。
論文競賽校內審查第二名。
犯下間諜行為。

澤木 碧

三年級。風紀委員。
對女性化的名字耿耿於懷。

桐原武明

三年級。劍術社成員。
關東劍術大賽
國中組冠軍。

五十里 啟

三年級。前任學生會會計。
魔法理論成績優秀。
千代田花音的未婚夫。

壬生紗耶香

三年級。劍道社成員。
劍道大賽國中女子組
全國亞軍。

千代田花音

三年級。前任風紀委員長。
和學姊摩利一樣好戰。

七草香澄

今年就讀
魔法科高中的「新生」。
七草真由美的妹妹，
泉美的雙胞胎姊姊。
個性活潑開朗。

七寶琢磨

擔任今年「新生」總代表的學生。
一科生。有力的魔法師家系
「師補十八家」之一
「七寶家」的長子。

七草泉美

今年就讀
魔法科高中的「新生」。
七草真由美的妹妹，
香澄的雙胞胎妹妹。
個性成熟穩重。

櫻井水波

今年就讀魔法科高中的「新生」。
立場是達也與深雪的表妹。
深雪的守護者候選人。

隅守賢人

就讀於一年G班的白種人少年。
父母從USNA歸化日本。

安宿怜美

第一高中保健醫生。
穩重溫柔的笑容
大受男學生歡迎。

廿樂計夫

第一高中教師。
擅長魔法幾何學。
論文競賽的負責人。

珍妮佛·史密斯

歸化日本的白種人。達也的班級
與魔法工學課程的指導教師。

小野 遙

第一高中的
綜合輔導老師。
生性容易被欺負，
卻有不為人知的另一面。

九重八雲

擅長古式魔法「忍術」。
達也的體術師父。

平河小春

畢業生。在去年以工程師身分
參加九校戰。
主動放棄參加論文競賽。

平河千秋

就讀於二年E班。
敵視達也。

千倉朝子

三年級。九校戰新項目
「堅盾對壘」的女子單人賽選手。

五十嵐亞實

畢業生。兩項競賽社前任社長。

五十嵐鷹輔

二年級。亞實的弟弟。
個性有些懦弱。

三七上凱利

三年級。九校戰「祕碑解碼」
正規賽的男生選手。

上野

以東京為地盤的執政黨年輕政治家。
眾所皆知的親近魔法師的議員。

神田

隸屬於民權黨的年輕政治家。
對於國防軍採取批判態度的人權派。
也是反魔法主義者。

一条剛毅

將輝的父親。
十師族一条家現任當家。

一条將輝

第三高中的二年級學生。
今年也參加九校戰。
「十師族」一条家的
下任當家。

一条美登里

將輝的母親。
個性溫和，廚藝高明。

吉祥寺真紅郎

第三高中的二年級學生。
今年也參加九校戰。
以「始源喬治」的
別名眾所皆知。

一条 茜

一条家長女，將輝的妹妹。
今年就讀當地的名門私立中學。
心儀真紅郎。

北山 潮

雫的父親。企業界的大人物。
商業假名是北方潮。

一条瑠璃

一条家次女，將輝的妹妹。
我行我素，行事可靠。

北山紅音

雫的母親。曾以振動系魔法
聞名的A級魔法師。

北山 航

雫的弟弟。小學六年級。
非常仰慕姊姊。
目標是成為魔工技師。

鳴瀨晴海

雫的表哥。國立魔法大學
附設第四高中的學生。

琵庫希

魔法科高中擁有的家事輔助機器人。
正式名稱是3H（Humanoid Home Helper：
人型家事輔助機械）P94型。

牛山

FLT的CAD開發第三課主任。
受到達也的信任。

恩斯特・羅瑟

首屈一指的CAD製作公司
羅瑟魔工所日本分公司社長。

九島 烈

被譽為世界最強
魔法師之一的人物。
眾人尊稱為「宗師」。

九島真言

日本魔法界長老九島烈的兒子，
九島家現任當家。

九島光宣

真言的兒子。
雖是國立魔法大學附設
第二高中的一年級學生，
但因為經常生病幾乎沒上學。
和藤林響子是同母異父的姊弟。

九鬼 鎮

服從九島家的師補十八家之一。
尊稱九島烈為「老師」。

千葉壽和

千葉艾莉卡的大哥。
警察省國家公務員。
乍看之下像是
遊手好閒的人。

千葉修次

千葉艾莉卡的二哥。
摩利的男友。
具備千刃流劍術
免許皆傳資格。
別名「千葉的麒麟兒」。

稻垣

警察省的巡查部長。
千葉壽和的部下。

安娜・羅瑟・鹿取

艾莉卡的母親。日德混血兒，
曾是艾莉卡的父親──
千葉家當家的「小妾」。

小和村真紀

實力足以在著名電影獎
入圍最佳女主角的女星。
不只是美貌，演技也得到認同。

風間玄信

陸軍101旅
獨立魔裝大隊隊長。
階級為中校。

真田繁留

陸軍101旅
獨立魔裝大隊幹部。
階級為少校。

藤林響子

擔任風間副官的
女性軍官。階級為中尉。

佐伯廣海

國防陸軍101旅旅長。階級為少將。
獨立魔裝大隊隊長風間玄信的長官。
外貌使她擁有「銀狐」的別名。

柳 連

陸軍101旅
獨立魔裝大隊幹部。
階級為少校。

山中幸典

陸軍101旅獨立魔裝大隊幹部。
少校軍醫，一級治癒魔法師。

酒井

國防陸軍總司令部軍官，階級為上校。
被視為反大亞聯盟的強硬派。

周公瑾

安排大亞聯盟的呂與陳
來到橫濱的俊美青年。
在中華街活動的神祕人物。

陳祥山

大亞聯軍
特殊作戰部隊隊長。
為人心狠手辣。

呂剛虎

大亞聯軍特殊作戰部隊的
王牌魔法師。
別名「食人虎」。

鈴

森崎拯救的少女。
全名是「孫美鈴」。
香港國際犯罪組織
「無頭龍」的新領袖。

四葉真夜

達也與深雪的姨母。
深夜的雙胞胎妹妹。
四葉家現任當家。

司波深夜

達也與深雪的母親。已故。
唯一擅長精神構造干涉魔法的魔法師。

葉山

服侍真夜的高齡管家。

櫻井穗波

深夜的「守護者」。已故。
受到基因操作，強化魔法天分而成的調整體魔法師
「櫻」系列第一代。

新發田勝成

原為四葉家下任當家候選人之一。為防衛省職員，
第五高中的校友。
擅長聚合系魔法。

司波小百合

達也與深雪的後母。
厭惡兩人。

堤 琴鳴

新發田勝成的守護者。
調整體「樂師系列」的第二代。
對於聲音相關魔法擁有相當高的素質。

津久葉夕歌

原為四葉家下任當家候選人之一。
曾擔任第一高中學生會副會長。
現在是魔法大學四年級學生，
擅長精神干涉系魔法。

堤 奏太

新發田勝成的守護者。
調整體「樂師系列」的第二代。為琴鳴的弟弟，
和她一樣對於聲音相關魔法擁有相當高的素質。

吉見

四葉的魔法師，黑羽家的親戚。
是一名接觸感應能力者，
可讀取人體所殘留的想子情報體痕跡。
極度的祕密主義。

安潔莉娜・庫都・希爾茲

USNA魔法師部隊「STARS」的總隊長。
階級是少校。暱稱是莉娜。
也是戰略級魔法師「十三使徒」之一。

瓦吉妮雅・巴藍斯

USNA統合參謀總部情報部內部監察局第一副局長。
階級是上校。來到日本支援莉娜。

希兒薇雅・瑪裘利・法斯特

USNA魔法師部隊「STARS」的行星級魔法師。階級是准尉。
暱稱是希兒薇，姓氏來自軍用代號「第一水星」。
在日本執行作戰時，擔任希利鄔斯少校的輔佐。

班哲明・卡諾普斯

USNA魔法師部隊「STARS」的第二把交椅。
階級是少校。希利鄔斯少校不在時的
代理總隊長。

米卡艾拉・弘格

USNA派到日本的間諜
（正職是國防總署的魔法研究人員）。
暱稱是米亞。

克蕾雅

獵人Q——沒能成為「STARS」的
魔法師部隊「STARDUST」的女兵。
Q意味著追蹤部隊的第17順位。

瑞琪兒

獵人R——沒能成為「STARS」的
魔法師部隊「STARDUST」的女兵。
R意味著追蹤部隊的第18順位。

亞弗列德・佛瑪浩特

USNA魔法師部隊「STARS」的一等星魔法師。
階級是中尉。暱稱是弗列迪。
逃離STARS。

查爾斯・沙立文

USNA魔法師部隊「STARS」的衛星級魔法師。
別名「第二魔星」。
逃離STARS。

雷蒙德·S·克拉克

雫留學的USNA柏克萊某高中的同學。
是名動不動就主動和雫示好的白人少年。
真實身分是「七賢人」之一。

顧傑

「七賢人」之一。別名紀德·黑顧，
大漢軍方術士部隊的倖存者。

黑羽 貢

司波深夜、四葉真夜的表弟。
亞夜子、文彌的父親。

近江圓磨

熟悉「反魂術」的魔法研究家，
別名「人偶師」的古式魔法師。
據說可以使用禁忌的魔法
將屍體化為傀儡。

黑羽亞夜子

達也與深雪的從表妹。
和弟弟文彌是雙胞胎。
第四高中的學生。

喬·杜

協助黑顧逃走的神祕男性。
能力出色，即使是要躲避
十師族魔法師們追捕的
困難工作也能俐落完成。

黑羽文彌

四葉下任當家候選人。
達也與深雪的從表弟。
和姊姊亞夜子是雙胞胎。
第四高中的學生。

七草弘一

真由美的父親，七草家當家。
也是超一流的魔法師。

名倉三郎

受僱於七草家的強力魔法師。
主要擔任真由美的貼身護衛。

二木舞衣

十師族「二木家」當家。住在兵庫縣蘆屋。
表面職業是數間化學工業、食品工業公司的大股東。
負責監護阪神與中國地區。

三矢元

十師族「三矢家」當家。住在神奈川縣厚木。
表面職業（不太確定是否能這麼形容）
是跨國的小型兵器掮客。
負責運用至今依然在運作的第三研。

五輪勇海

十師族「五輪家」當家。住在愛媛縣宇和島。
表面職業是海運公司的高層，實質上的老闆。
負責監護四國地區。

六塚溫子

十師族「六塚家」當家。住在宮城縣仙台。
表面職業是地熱發電所挖掘公司的實質老闆。
負責監護東北地區。

八代雷藏

十師族「八代家」當家。住在福岡縣。
表面職業是大學講師以及數間通訊公司的大股東。
負責監護沖繩以外的九州地區。

十文字和樹

十師族「十文字家」當家。住在東京都。
表面職業是做國防軍生意的土木建設公司老闆。
和七草家一起負責監護包含伊豆的關東地區。

東道青波

八雲稱他為「青波高僧閣下」。
如同僧侶般剃髮的老翁，但真實身分不明。
依照八雲的說法是四葉家的贊助者。

部分插圖協助／魔法科高中製作委員會

Glossary
用語解說

魔法科高中
國立魔法大學附設高中的通稱，全國總共設立九所學校。
其中的第一至第三高中，每學年招收兩百名學生，
並且分為一科生與二科生。

花冠、雜草
第一高中用來形容一科生與二科生階級差異的隱語。
一科生制服的左胸口繡著以八枚花瓣組成的徽章，
不過二科生制服沒有。

一科生的徽章

CAD
簡化魔法發動程序的裝置，
內部儲存使用魔法所需的程式。
分成特化型與泛用型，外型也是各有不同。

司波達也的CAD

Four Leaves Technology〔FLT〕
國內一家CAD製造公司。
原本該公司製造的魔法工學零件比成品有名，
但在開發「銀式」之後，
搖身一變成為知名的CAD製造公司。

司波深雪的CAD

托拉斯・西爾弗
短短一年就讓特化型CAD的軟體技術進步十年，
而為人所稱頌的天才技師。

Eidos〔個別情報體〕
原為希臘哲學用語。在現代魔法學，個別情報體指的是
「伴隨事物現象而來的情報」，是「事象」曾經存在於
「世界」的記錄，也可以說是「事象」留在「世界」的足跡。
依照現代魔法學的定義，「魔法」就是修改個別情報體，
藉以改寫個別情報體所代表的「事象」的技術。

Idea〔情報體次元〕
原為希臘哲學用語。在現代魔法學，情報體次元指的是「用來記錄個別情報體的平台」。
魔法的原始形態，就是將魔法式輸入這個名為「情報體次元」的平台，
改寫平台裡「個別情報體」的技術。

啟動式
為魔法的設計圖，用來構築魔法的程式。
啟動式的資料檔案，是以壓縮形式儲存在CAD，魔法師輸入想子波展開程式之後，
啟動式會依照資料內容轉換為訊號，並且回傳給魔法師。

想子
位於靈異現象次元的非物質粒子，記錄認知與思考結果的情報元素。
成為現代魔法理論基礎的「個別情報體」，成為現代魔法骨幹的「啟動式」和
「魔法式」技術，都是由想子建構而成。

靈子
位於靈異現象次元的非物質粒子。雖然已經確認其存在，但是形態與功能尚未解析成功。
一般的魔法師，頂多只能「感覺到」活化狀態的靈子。

魔法師
「魔法技能師」的簡稱。能將魔法施展到實用等級的人，統稱為魔法技能師。

魔法式
用來暫時改變伴隨事物現象而來的情報之情報體。由魔法師持有的想子構築而成。

魔法演算領域

構築魔法式的精神領域，也就是魔法資質的主體。該處位於魔法師的潛意識領域，魔法師平常可以意識到魔法演算領域並且使用，卻無法意識到內部的處理過程。對魔法師本人來說，魔法演算領域也堪稱是個黑盒子。

魔法式的輸出程序

❶從CAD接收啟動式，這個步驟稱為「讀取啟動式」。
❷在啟動式加入變數，送入魔法演算領域。
❸依照啟動式與變數構築魔法式。
❹將構築完成的魔法式，傳送到潛意識領域最上層暨意識領域最底層的「基幹」，從意識與潛意識之間的「閘門」輸出到情報體次元。
❺輸出到情報體次元的魔法式，會干涉指定座標的個別情報體進行改寫。

「實用等級」魔法師的標準，是在施展單一系統暨單一工序的魔法時，於半秒內完成這些程序。

魔法的評價基準（魔法力）

構築想子情報體的速度是魔法的處理能力、
構築情報體的規模上限是魔法的容納能力、
魔法式改寫個別情報體的強度是魔法的干涉能力，
這三項能力總稱為魔法力。

始源碼假說

主張「加速、加重、移動、振動、聚合、發散、吸收、釋放」四大系統八大種類的魔法，各自擁有正向與負向共計十六種基礎魔法式，以這十六種魔法式搭配組合，就能構築所有系統魔法的理論。

系統魔法

歸類為四大系統八大種類的魔法。

系統外魔法

並非操作物質現象，而是操作精神現象的魔法統稱。
從使喚靈異存在的神靈魔法、精靈魔法，或是讀心、靈魂出竅、意識操控等，包括的種類琳琅滿目。

十師族

日本最強的魔法師集團。一条、一之倉、一色、二木、二階堂、二瓶、三矢、三日月、四葉、五輪、五頭、五味、六塚、六角、六鄉、六本木、七草、七寶、七夕、七瀨、八代、八朔、八幡、九島、九鬼、九頭見、十文字、十山共二十八個家系，每四年召開一次「十師族甄選會議」，選出的十個家系就稱為「十師族」。

含數家系

如同「十師族」的姓氏有一到十的數字，「百家」之中的主流家系姓氏也有十一以上的數字，例如「『千』代田」、「『五十』里」、「『千』葉」家。
數字大小不代表實力強弱，但姓氏有數字就代表血統純正，可以作為推測魔法師實力的依據之一。

失數家系

亦被簡稱「失數」，是「數字」遭受剝奪的魔法師族群。
昔日魔法師被視為兵器暨實驗樣本的時候，評定為「成功案例」得到數字姓氏的魔法師，要是沒有立下「成功案例」應有的成績，就得接受這樣的烙印。

各式各樣的魔法

● 悲嘆冥河
凍結精神的系統外魔法。凍結的精神無法命令肉體死亡，
中了這個魔法的對象，肉體將會隨著精神的「靜止」而停止、僵硬。
依照觀測，精神與肉體的相互作用，也可能導致部分肉體結晶化。

● 地鳴
以獨立情報體「精靈」為媒介振動地面的古式魔法。

● 術式解散
把建構魔法的魔法式，分解為構造無意義的想子粒子群的魔法。
魔法式作用於伴隨事象而來的情報體，基於這種性質，魔法式的情報結構一定會曝光，無法防止外力進行干涉。

● 術式解體
將想子粒子群壓縮成塊，不經由情報體次元直接射向目標物引爆，摧毀目標物的啟動式或魔法式這種紀錄魔法的想子情報體，屬於無系統魔法。
即使歸類為魔法，但只是一種想子砲彈，結構不包含改變事象的魔法式，因此不受情報強化或領域干涉的影響。此外，砲彈本身的壓力也足以反彈演算干擾的影響。由於完全沒有物理作用力，任何障礙物都無法防堵。

● 地雷原
泥土、岩石、砂子、水泥，不拘任何材質，
總之只要是具備「地面」概念的固體，就能施以強力振動的魔法。

● 地裂
由獨立情報體「精靈」為媒介，以線形壓潰地面，
使地面乍看之下彷彿裂開的魔法。

● 乾冰雹暴
聚集空氣中的二氧化碳製作成乾冰粒，
將凍結過程剩餘的熱能轉換為動能，高速射出乾冰粒的魔法。

● 迅襲雷蛇
在「乾冰雹暴」製造乾冰顆粒時，凝結乾冰氣化產生的水蒸氣，
溶入二氧化碳氣體使其形成高導電霧，再以振動系與釋放系魔法產生摩擦靜電。以溶入碳酸的水霧或水滴為導線，朝對方施展電擊的組合魔法。

● 冰霧神域
振動減速系廣域魔法。冷卻大容積的空氣並操縱其移動，
造成廣範圍的凍結效果。
簡單來說，就像是製造超大冰箱一樣。
發動時產生的白霧，是在空中凍結的冰或乾冰。
但要是提升層級，有時也會混入凝結為液態氮的霧。

● 爆裂
將目標物內部液體氣化的發散系魔法。
如果是生物就是體液氣化導致身體破裂，
如果是以內燃機為動力的機械就是燃料氣化爆炸。
燃料電池也不例外。即使沒有搭載可燃的燃料，無論是電池液、油壓液、冷卻液或潤滑液，世間沒有機械不搭載任何液體，因此只要「爆裂」發動，幾乎所有機械都會毀損而停止運作。

● 亂髮
不是指定角度改變風向，而是為了造成「絆腳」的含糊結果操作氣流，以極接近地面的氣流促使草葉纏住對方雙腳的古式魔法。只能在草長得夠高的原野使用。

魔法劍

使用魔法的戰鬥方式，除了以魔法本身為武器作戰，還有以魔法強化、操作武器的技術。
以魔法配合槍、弓箭等射擊武器的術式為主流，不過在日本，劍技與魔法組合而成的「劍術」也很發達。
現代魔法與古式魔法兩種領域，都開發出堪稱「魔法劍」的專用魔法。

1.高頻刃

高速振動刀身，接觸物體時傳導超越分子結合力的振動，將固體局部液化之後斬斷的魔法。和防止刀身自我毀壞的術式配套使用。

2.壓斬

使劍尖朝揮砍方向的水平兩側產生排斥力，將劍刃接觸的物體像是左右推壓般割斷的魔法。排斥力場細得未滿一公釐，強度卻足以影響光波，因此從正面看劍尖是一條黑線。

3.童子斬

被視為源氏祕劍而相傳至今的古式魔法。遙控兩把刀再加上手上的刀，以三把刀包圍對手並同時砍下的魔法劍技。以同音的「童子斬」隱藏原本「同時斬」的意義。

4.斬鐵

千葉一門的祕劍。不是將刀視為鋼塊或鐵塊，而是定義為「刀」這種單一概念，依循魔法式所設定的刀路而動的移動系統魔法。被定義為單一概念的「刀」如同單分子結晶之刃，不會折斷、彎曲或缺角，將會沿著刀路劈開所有物體。

5.迅雷斬鐵

以專用武裝演算裝置「雷丸」施展的「斬鐵」進化型。將刀與劍士定義為單一集合概念，因此從接觸敵人到出招的一連串動作，都能毫無誤差地高速執行。

6.山怒濤

以全長一八〇公分的大型專用武器「大蛇丸」所施展的千葉一門的祕劍。將己身與刀的慣性減低到極限並高速接近對手，在交鋒瞬間將至今消除的慣性疊加，提升刀身慣性後砍向對方。這股偽造的慣性質量和助跑距離成正比，最高可達十噸。

7.薄翼蜻蜓

將奈米碳管編織為厚度十億分之五公尺的極致薄膜，再以硬化魔法固定為全平面而化為刀刃的魔法。薄翼蜻蜓製成的刀身比任何刀劍或剃刀都要銳利，但術式不支援揮刀動作，因此術士必須具備足夠的刀劍造詣與臂力。

魔法技能師開發研究所

西元二〇三〇年代，日本政府因應第三次世界大戰當前而緊張化的國際情勢，接連設立開發魔法師的研究所。研究目的不是開發魔法，始終是開發魔法師，為了製造出最適合使用所需魔法的魔法師，基因改造也在研究範圍。

魔法技能師開發研究所設立了第一至第十共十所，至今依然有五所運作中。

各研究所的細節如下所述：

魔法技能師開發第一研究所

二〇三一年設立於金澤市，現在已關閉。

開發主題是進行對人戰鬥時直接干涉生物體的魔法。氣化魔法「爆裂」是衍生形態之一。不過，操作人體動作的魔法可能會引發傀儡攻擊（操作他人進行的自殺式恐怖攻擊），因此禁止研發。

魔法技能師開發第二研究所

二〇三一年設立於淡路島，運作中。

和第一研的主題成對，開發的魔法是干涉無機物的魔法。尤其是關於氧化還原反應的吸收系魔法。

魔法技能師開發第三研究所

二〇三二年設立於厚木市，運作中。

目的是開發出能獨力應付各種狀況的魔法師，致力於多重演算的研究。尤其竭力實驗測試可以同時發動、連續發動的魔法數量極限，開發可以同時發動複數魔法的魔法師。

魔法技能師開發第四研究所

詳情不明，推測位於前東京都與前山梨縣的界線附近，設立時間則估計是二〇三三年。現在宣稱已經關閉，而實際狀況也不明。只有前第四研不是由政府，是對國家具備強大影響力的贊助者設立。傳聞現在該研究所從國家獨立出來，接受贊助者的支援繼續運作，也傳聞該贊助者實際上從二〇二〇年代之前就經營著該研究所。

據說其研究目標是試圖利用精神干涉魔法，強化「魔法」這種特異能力的源泉，也就是魔法師潛意識領域的魔法演算領域。

魔法技能師開發第五研究所

二〇三五年設立於四國的宇和島市，運作中。

研究的是干涉物質形狀的魔法。主流研究是技術難度較低的流體控制，但也成功研究出干涉固體形狀的魔法。其成果就是和USNA共同開發的「巴哈姆特」。加上流體干涉魔法「深淵」，該研究所開發出兩個戰略級魔法，是國際聞名的魔法研究機構。

魔法技能師開發第六研究所

二〇三五年設立於仙台市，運作中。

研究如何以魔法控制熱量。和第八研同樣偏向是基礎研究機構，相對的缺乏軍事色彩。不過除了第四研，據說在魔法技能師開發研究所之中，第六研進行基因改造實驗的次數最多（第四研實際狀況不明）。

魔法技能師開發第七研究所

二〇三六年設立於東京，現在已關閉。

主要開發反集團戰鬥用的魔法，群體控制魔法為其成果。第六研的軍事色彩不強，促使第七研成為兼任戰時首都防衛工作的魔法師開發研究設施。

魔法技能師開發第八研究所

二〇三七年設立於北九州市，運作中。

研究如何以魔法操作重力、電磁力與各種強弱不同的交互作用力。基礎研究機構的色彩比第六研更濃厚，但是和國防軍關係密切，這一點和第六研不同。部分原因在於第八研的研究內容很容易連結到核武開發，在國防軍的保證之下，才免於被質疑暗中開發核武。

魔法技能師開發第九研究所

二〇三七年設立於奈良市，現在已關閉。

研究如何將現代魔法與古式魔法融合，試圖藉由讓現代魔法吸收古式魔法的相關知識，解決現代魔法不擅長的各種課題（例如模糊不明確的術式操作）。

魔法技能師開發第十研究所

二〇三九年設立於東京，現在已關閉。

和第七研同樣兼具防衛首都的目的，研究如何在空間產生虛擬結構物的領域魔法，作為遭遇高火力攻擊的防禦手段。各式各樣的反物理護壁魔法為其成果。

此外，第十研試圖使用不同於第四研的手段激發魔法能力。具體來說，他們致力開發的魔法師並非強化魔法演算領域本身，而是能讓魔法演算領域暫時超頻，因應需求使用強力的魔法。但是成功與否並未公開。

除了上述十間研究所，開發元素家系的研究所從二〇一〇年代運作到二〇二〇年代，但現今全部關閉。此外，國防軍在二〇〇二年設立直屬於陸軍總司令部的秘密研究機構，至今依然獨自進行研究。九島烈加入第九研之前，都在這個研究機構接受強化處置。

戰略級魔法師——十三使徒

現代魔法是在高度科技之中培育而成，因此能開發強力軍事魔法的國家有限，導致只有少數國家能開發匹敵大規模破壞兵器的戰略級魔法。

不過，開發成功的魔法會提供給同盟國，高度適合使用戰略級魔法的同盟國魔法師，也可能被認證為戰略級魔法師。

在2095年4月，各國認定適合使用戰略級魔法，並且對外公開身分的魔法師共十三名。他們被稱為「十三使徒」，公認是世界軍事平衡的重要因素。

十三使徒的國籍、姓名與戰略級魔法名稱如下所述：

USNA

安吉・希利鄔斯：「重金屬爆散」
艾里歐特・米勒：「利維坦」
羅蘭・巴特：「利維坦」
※其中只有安吉・希利鄔斯任職於STARS。艾里歐特・米勒位於阿拉斯加基地，羅蘭・巴特位於國外的直布羅陀基地，兩人基本上不會出動。

新蘇維埃聯邦

伊果・安德烈維齊・貝佐布拉佐夫：
「水霧炸彈」
列昂尼德・肯德拉切科：
「大地紅軍」
※肯德拉切科年事已高，基本上不會離開黑海基地。

大亞細亞聯盟

劉雲德：「霹靂塔」
※劉雲德已於2095年10月31日的對日戰鬥中戰死。

印度、波斯聯邦

巴拉特・錢德勒・坎恩：
「神焰沉爆」

日本

五輪 澪：「深淵」

巴西

米吉爾・迪亞斯：「同步線性融合」
※魔法式為USNA提供。

英國

威廉・馬克羅德：「臭氧循環」

德國

卡拉・施米特：「臭氧循環」
※臭氧循環的原型，是分裂前的歐盟因應臭氧層破洞而共同研發的魔法。後來由英國完成，依照協定向前歐盟各國公開魔法式。

土耳其

阿里・夏亨：「巴哈姆特」
※魔法式為USNA與日本所共同開發完成，由日本主導提供。

泰國

梭姆・查伊・班納克：「神焰沉爆」
※魔法式為印度、波斯聯邦提供。

The International Situation

2096年現在的世界情勢

以全球寒冷化為直接契機的第三次世界大戰——二十年世界連續戰爭大幅改寫了世界地圖。世界現狀如下所述：

USA合併加拿大以及墨西哥到巴拿馬等各國，組成北美利堅大陸合眾國（USNA）。

俄羅斯再度吸收烏克蘭與白俄羅斯，組成新蘇維埃聯邦（新蘇聯）。

中國征服緬甸北部、越南北部、寮國北部以及朝鮮半島，組成大亞細亞聯盟（大亞聯盟）。

印度與伊朗併吞中亞各國（土庫曼、烏茲別克、塔吉克、阿富汗）以及南亞各國（巴基斯坦、尼泊爾、不丹、孟加拉、斯里蘭卡），組成印度、波斯聯邦。

亞洲阿拉伯其餘國家，分區締結軍事同盟，對抗新蘇聯、大亞聯盟以及印度、波斯聯邦三大國。

澳洲選擇實質鎖國。

歐洲整合失敗，以德國與法國為界分裂為東西兩側。東歐與西歐也沒能各自整合為單一國家，團結力甚至不如戰前。

非洲各國半數完全消滅，倖存的國家也只能勉強維持都市周邊的統治權。

南美除了巴西，都處於地方政府各自為政的小國分立狀態。

The irregular at magic high school

和車站往第一高中的通學道路交叉的某條馬路，名為「人類主義者」的流氓正使用常人本應無法取得的晶陽石，釋放出妨礙魔法發動的想子波。

演算干擾的雜訊使得水波表情扭曲。

水波按住胸口，彎腰向前，低下頭來。

嬌細的肩膀反覆起伏，急促喘氣。

她痛苦的模樣，使得深雪鮮明回想起五年前夏季的「那一天」。

二〇九二年八月十一日，大亞聯盟侵略沖繩那天發生的事。

在應已進行避難的國防軍基地內部，由於遭受反叛士兵襲擊而發生的那個事件。

因為只「阻止」敵方一人，沒「阻止」敵方所有人，導致穗波、母親中槍，深雪自己也因中槍而九死一生的昔日記憶。

三人後來暫且以達也的「重組」得救。但是穗波在最後沒能生還。

長相和穗波一模一樣的少女，同樣在昔日折磨她的演算干擾之中受苦。目睹這一幕的深雪，內心在一瞬間接連重播那一天的光景——

「……不可原諒。」

深雪以憤怒到發抖的聲音低語。

——又要折磨「她」嗎？

——又想奪走「她」嗎？

——我不許這種事發生。

——這次，一定要阻止。

——這次，一定要讓你們所有人「靜止」下來。

深雪在過去與現在重疊的世界裡，迷失了現在的自己。在昔日的後悔與憤怒驅使之下，深雪準備解放自己的能力。

「深雪大人，請停手！」

然而，水波在痛苦之中擠盡聲音的這一喊，阻止了深雪的魔法，阻止了主人的失控。

「您要違背達也大人的吩咐嗎！」

達也的話語在忘記自我、忘記自制的深雪內心甦醒。

——世間已經知道妳是四葉家下任當家，妳對不是魔法師的市民使用魔法不太妙——

達也在前天晚上如此告誡。達也的命令對於深雪來說是第一優先，這句命令響遍她的內心，甚至壓過「那天光景」的記憶。

深雪的魔法「冰霧神域」能凍結精神，導致身心都「靜止」。但是在達也的名下，這個魔法在即將發動前消散。

「……水波？」

深雪以惡夢未盡般暗藏不安的聲音與表情呼喚水波。

「……深雪大人，我沒事。」

水波硬擠出笑容，安撫在千鈞一髮之際找回自我的主人。

受到演算干擾的影響而開始晃動的護壁，因為水波放棄「減速」專注於「阻斷」，於是恢復了功能。

男性們揮出的拳頭打中透明護壁，停了下來。對於嬌弱的少女來說，這幅光景會喚醒內心對於本能暴力的恐懼，但水波視若無睹，即使額頭冒出冷汗，依然以堅定目光看向深雪。

我沒事，所以不要貿然行動。水波的眼神對深雪這麼說。

深雪以蘊含「我沒事了」這個訊息的笑容，回應她的眼神。

深雪將左手握著的CAD收回懷裡。

「深雪學姊……？」

因為想子雜訊而蹙眉的泉美，以疑惑的語氣叫深雪。

區區的演算干擾，深雪不可能無法抵抗。

泉美毫無理由地如此確信。

說來遺憾，泉美自己處於非常難以施展魔法的狀況，不過「敬愛的深雪學姊」應該能輕鬆收拾這種程度的小角色。泉美抱持這樣的確信仰望深雪的臉。

深雪以「安心吧」的眼神朝泉美點頭示意，然後她閉上雙眼，雙手交疊放在胸前。

深雪身體開始釋放柔和光芒。

自稱「人類主義者」的無賴們看不見的光。

擁有魔法天分的人才看得見的非物理光芒——想子光，以深雪為中心逐漸擴散。

這種光沒有「對某種事物產生作用的能力」。當中沒有蘊含這種意志。深雪釋放的光不具任何性質，講明了就是「純淨的想子光」。

不含干涉力的想子不會干涉事象，也不會干涉魔法。這樣的光芒沒妨礙到水波的護壁，也沒有危害到企圖對她們不利的男性們，就只是擴散出去。

水波在籠罩自己的溫柔光芒中不經意察覺，演算干擾的雜訊帶來的痛苦緩解了。

「演算干擾」原本只會妨礙魔法發動，不會對魔法師造成傷害。不過對於想子感受性高的魔法師來說，演算干擾的雜訊和會導致反胃或暈眩的噪音帶有相同效果。

不對，雜訊是阻礙魔法式的作用路徑，從這個性質來看，效果比普通的噪音更強。因為作用路徑不只連結到發動的對象，也連結到發動的源頭，也就是魔法師潛意識下的魔法演算領域。即使想子感受性沒有特別強烈，發動魔法的瞬間同樣會開啟路徑，所以無法避免被雜訊影響。魔法師使用護壁魔法這種需要以較短週期持續更新的（仿造）常駐型魔法時，尤其容易受到演算干擾的傷害。

水波實際感受到演算干擾的雜訊造成的身心不適改善了。雖然依然持續受到影響，但不舒服的感覺減少了將近一半。

「深雪大人……？」

水波再次注視深雪的表情與身影。帶來這個變化的是她的主人。她想不到其他的人選。

「深雪學姊，好厲害！這是在以濃密的想子簾幕削弱干擾波吧！」

水波也在泉美感動說出的這番話中了解到事實。不具干涉力的想子雲不會妨礙魔法，但是面對同樣不具備事象干涉力的演算干擾雜訊，可以發揮厚實緩衝墊的效果。

那群無賴也有聽到泉美這番話。

「荒唐！怎麼可能有演算干擾不管用的魔法！」

人類主義者的領袖露出焦急神情大喊。他不知道這樣暴露了自己的無知。

他這句話聽在泉美與水波耳裡很滑稽。兩人藏不住這種感想。也可以說不想隱藏。

水波微微一笑。她這樣笑不是故意的。相對的，泉美則是露出明顯的笑容，而且其中帶著明確的嘲諷。

演算干擾確實對「絕大多數」的魔法有效。但深雪現在展現的高超技術不是魔法。不，將想子釋放到體外並加以操控的技術歸類為無系統魔法，就這方面上可以說是魔法。

是魔法卻不是魔法的這種能力，妨礙了妨礙魔法的手段。

未曾試著理解魔法的邪教徒，不可能理解深雪正在展現多麼高超的技術，不可能知道深雪是多麼優秀的魔法師。

而且，令演算干擾不管用的魔法是存在的。

比方說，某種可以分解妨礙魔法發動的想子波構造的魔法。

晶陽石釋放的想子雜訊突然消失。不規則散發的想子波，成為均質的想子漣漪。

「哥哥！」

深雪睜大雙眼，回過頭。

達也就站在她眼前。如同面具般毫無表情的臉孔，只有目光散發著炯炯光芒。

◇　◇　◇

這天，感覺搜查陷入瓶頸的達也前往鎌倉，想再度追蹤恐怖攻擊幕後黑手顧傑的下落。

他有事先通知克人今天不參加會議。他預定在離開鎌倉之後前往座間，再次調查是否還殘存線索。

若要認真尋找顧傑，達也有一個更有效率又確實的手段。

雖然只有一次，但達也「看」過顧傑。

但他不是千里眼的超能力者，也不擅長找出和自己關連性不大的對象。

不只是物理距離很遠，關係也不密切。和顧傑的徒弟周公瑾敵對，不會加深達也和顧傑本人的關連性。真夜遇襲對於達也來說也沒什麼重大意義。要是這點事件就會留下恩怨，他的視野將會被滿溢的情報填滿。

若要追蹤只以「眼」看見一次的對象，就得將知覺集中在目標上，得將「眼」從其他的監視對象移開。

換句話說，就是將「眼」從深雪身上移開。

對於達也來說，顧傑不值得他這麼做。

不過，如果現場遺留某些和顧傑關係密切的物品，就能以此為線索追查情報。如果這種線索留在現場，應該早就被其他搜查員找到了，但是現狀嚴苛到必須清查任何蛛絲馬跡。

不過，達也卻在前往鎌倉的途中掉頭。

不是回到自家，而是前往學校。

他沒有預知未來的能力。他的「眼」只看得見現在以及不久之前的過去——具體來說，最多只能回溯二十四小時。

所以這只是直覺——直覺有歹徒企圖危害深雪。

但達也無法選擇無視。因為相較於深雪的生命安全，顧傑的事一點都不重要。

他將機車切換為半自動駕駛模式，把一半視野移入情報體次元以便隨時協助深雪，並且趕回一高。

◇ ◇ ◇

如今，困住深雪的這群暴徒映入達也眼簾。

達也停好機車，脫下安全帽，緩緩吐氣。

要是沒像這樣穩定情緒，恐怕無法克制自己對這群可惡分子的殺意。

他絕不允許他人意圖危害深雪。光是知道對方有這種想法，達也就想「消除」他們。

若確定對方真的可能危害到深雪，達也應該會毫不猶豫地下手。因為他可以不留證據地完全消滅一個人類。

就算使用晶陽石，也只會令深雪感到稍微不快。達也只是知道這一點，才沒有扣下內心的扳機。水波受苦的事實不足以讓他動殺機。

但達也也不會樂於欣賞晚輩女孩受苦的模樣，他沒這種不良嗜好。而對方近乎家人，就更不用說了。為了消除折磨水波的演算干擾，達也使用了分解魔法。

他無須依賴套在雙手手腕上的手鐲造型CAD。「分解」是他能夠自由使用的唯二魔法之一。也不需要魔法師瞄準時經常使用的「指向對方」或「朝對方伸直手臂」的肢體動作。只要以意識對焦，魔法就能捕捉到對象。

術式解散。

分解情報體構造的這個魔法，消除了妨礙魔法的想子波複雜構造。

構造被破壞的干擾波，成為單調的漣漪空虛擴散，逐漸消失。

「哥哥！」

人牆裡傳來妹妹呼喚自己的聲音。

人牆縫隙中露出深雪睜大雙眼的驚訝臉龐。

為什麼驚訝成那樣？達也覺得有點好笑。

明明只要深雪面臨危機，無論是再小的問題，達也都會立刻趕到。

但他的意識立刻抹上滿滿憤怒。

雖然只有一點點，但深雪臉上確實掛著恐懼與不安的表情。

高中女生被陌生男性包圍困住。這和是否擁有力量無關，會懷抱恐懼是理所當然的。

達也注視人牆，深吸一口氣。

◇　◇　◇

「讓開！」

達也發出犀利的怒吼。

語氣蘊含的意志力使得男性們踉蹌，令人牆裂開。

這不是精神干涉魔法造成的現象。

遠勝於自己的強大「生物」所發出的咆哮，使得男性們的身體比內心先做出反應。

達也筆直地快步走過來。

他甚至不需要撥開男性們圍成的人牆。

沒人妨礙達也。甚至沒有試圖伸手阻擋。

「水波。」

達也停在魔法護壁前方呼叫水波。

「是，達也大人。」

水波就這麼維持護壁回應。

「可以用維持護壁的狀態移動嗎？」

「可以。」

照理說，達也知道水波做得到。水波理解到達也是關心她的身體狀況才這麼問。

「這樣啊。那妳們三個就這樣跟我來。」

達也轉過身去。他視線掃向左右兩側，人類主義者就懾於視線，後退了一兩步。

「你……你們在做什麼！妨礙組，再一次！」

被發到晶陽石戒指的成員，應該再怎麼說也是他們之中精挑細選的菁英吧。他們回應領袖走音的這聲命令，振奮被達也重挫的氣力，將想子注入晶陽石，使出演算干擾。

不過，想子雜訊成形的時間不到半秒。

達也只有不耐煩地轉身。連手都沒揮。

光是這個動作，演算干擾就失效了。

妨礙所有魔法發動的想子波雜訊。

這種東西不會偶然、毫無章法地形成。

演算干擾的雜訊，是依照複雜法則「塑形」而成的想子波模式。

只要有形體，就無法逃離達也的「分解」。毫無防護的情報體更不用說。用來剝奪魔法師戰力的演算干擾，在達也眼中別說是王牌，甚至連牽制都做不到。

「怎麼可能！」

使用戒指的男性慌亂大喊。

「別怕！再一次！」

狂信徒的領袖重複下達無意義的命令。

達也已經根本頭也不回了。

妨礙魔法的雜訊，產生作用的時間依然不到半秒。

演算干擾並非持續釋放雜訊，而是讓釋放的雜訊在能量衰減之前反覆震盪。晶陽石的特性是將注入的想子轉換為干擾波，並釋放出來。但如果不像飛行演算裝置那樣藉由機械輔助，即使是平均水準的魔法師也很難持續注入想子。因此演算干擾才會是這種斷續震盪的設計。

想子操縱技術不純熟的非魔法師，光是注入想子製造有效的干擾波，就得高度集中精神。雜訊才剛釋放就失效。

這群年輕人的功力沒有好到能在這種現象重複兩次之後，立刻釋放第三次干擾波。

達也停下腳步，讓三人先走。

這裡已經是人類主義者圍成的人牆外面了。

「水波。」

「是，達也大人。」

「辛苦了，可以解除護壁了。」

水波依照達也的指示，解除護壁魔法。

「深雪。」

「是，哥哥。」聽到達也呼叫的深雪，以嚴肅聲音回應。

「帶兩人回學校。」

「知道了。」

深雪朝達也文雅行禮，然後將手放在兩名學妹背上，催促她們回到一高。

人類主義者的領袖至此才回神。

「你……你們在做什麼？同志們，別讓邪教徒逃走！」

但是對他們來說，這麼做只帶來不幸的結果。

這群人類主義者無視於達也——避開他快步跑走。

然而，沒人能往前跑三步以上。

這群男性合計十五人。他們並不是所有人同時跑。在這個時間點起跑的是三分之一的五人。

而現在仍然以雙腳站穩地面的，是還沒起跑的另外三分之二。

妨礙自由暨傷害未遂犯（只看妨礙自由的話也能說是現行犯）有三分之一倒地，不用說當然是達也造成的。但這不是他使用魔法的結果。

第一人踏出第一步時，因為心窩挨了一拳而昏厥。

第二人要踏出第二步時，太陽穴挨了一掌。

第三人踏出第二步的瞬間，被從後方抓住脖子，往後拉倒。

第四人要踏出第三步的時候，下顎結實挨了一拳。

第五人踏出第三步的同時被抓住手腕，在半空中往前翻一圈，最後倒在路面上。

達也行雲流水般施展的招式，使得五人別說站起來，甚至連爬都爬不起來。

「臭小子！你以為這樣動粗會被原諒嗎？」

暴徒的首領對達也高聲進行這種任性的批判。

達也掛著以敵意、挑釁與嘲諷組成的笑容回應。

「我只是預防女性遭到傷害。市區監視器的錄影檔，應該會證明這些傢伙企圖襲擊第一高中的女學生吧。」

達也刻意看向安裝在路燈上的監視器，然後以更加嘲諷的笑容看向人類主義者領袖。

領袖的臉紅到就算遠遠看去也一清二楚。

他當然不是因為檢討自己的言行而感到羞恥，而是惱羞成怒的臉紅。

狂信徒正如其名瘋狂得滿眼血絲，指著達也大喊。

「先解決這傢伙！這是天譴！」

「喔喔！」他的手下振奮氣勢。不對，只算是鬼叫。

他們的身體知道敵不過達也，自己後退。

但他們被瘋狂信念荼毒的內心，已無法正確認知身體所發出的名為「恐懼」的危險訊號。

「認清自己的罪惡吧！」

站在最前排的青年打向達也。他手中握著已經伸長的伸縮警棍。

青年揮下右手時，達也的左手從內側出招。手刀重重打在握著伸縮警棍的手指上。

「咕啊啊啊啊……！」

青年的警棍脫手飛走。他將右手收進懷裡，彎腰哀號。

達也的右手伸向青年的臉。這不是快到看不見的拳頭，這一拳的速度反而算是緩慢。

達也的拇指從側邊命中青年耳朵下方。

青年停止哀號，身體無力倒下。

「警告你們，要是繼續攻擊，我無法手下留情。」

達也對於倒在腳邊的青年連看都不看一眼，環視這群無賴這麼說。

他這麼說不是要挑釁，是正如字面意義的警告。

確保深雪安全之後，達也冷靜下來了。他現已不想主動動用暴力。

只是，他也不打算迴避動用暴力。要是遭到攻擊，就會確實制服對方。這番話主要是對正在紀錄現狀的市區監視器表明自己的立場。

不過，聽到這番話的人認為這是挑釁。

「開什麼玩笑！就憑你這種道具！」

人類主義者的領袖瘋狂大喊。但他的同伴們暗自互使眼神。到了這個地步，對於暴力的恐懼逐漸勝過盲目的狂熱。

即使如此，他們依然還沒有要離開的意思。他們尚未完全清醒。這裡所說的「尚未清醒」，並不是還沒擺脫「既然對方是魔法師，就算訴諸暴力也可以被原諒」這種瘋狂的觀念，而是他們的判斷能力未回復正常，還沒正確認知到「若以單純的暴力評定，己方屬於弱者」這個事實。

對於達也來說，這個膠著狀態應該對他有利。他來到這裡的途中，有看到一群人圍在派出所前面，大概是在牽制警察吧。不過現在差不多是警察趕到的時候了。

「警察快來了，傷害婦女未遂的變態罪犯，要不要趕快逃走？」

達也試著再度出言警告。但這次客觀來看也只像是在煽風點火。達也自己也不認為需要注意用詞。

狂信徒們一下子火冒三丈。

「你這個臭小子！」

領袖發出怪聲，主動打向達也。

對方從外套內側取出的武器，令達也瞇細雙眼。那是長約五十公分的扁平電擊鞭。通電之後不只前端可以發射電流，還能增加彈性成為簧片狀的柔韌鞭子，不過在關閉電源的狀態下和皮帶一樣柔軟，可以摺疊或是纏在手臂或身上低調攜帶。

這是和艾莉卡家裡開發的棍刀（可變成小太刀的形狀記憶合金棍棒）在同時期受到警方採用的武器，還沒有正式上市。照理說除非在警方或進貨業者那邊有門路，否則無法取得。不然就是從警察那裡搶來的。

感覺加以調查的話，會查出有趣的事情。內心一角抱有這種想法的達也，躲開對方揮下的電擊鞭，往前踏步順勢扭身，繞到「敵人」的背後。

就對方看來，應該會覺得武器穿過了達也的身體吧。

「在這裡。」

青年還沒發現達也的去向，達也就主動告知。

人類主義者的領袖連忙轉身，不顧一切地揮動電擊鞭。大概是認為不攻擊就會被反擊吧。

達也佯裝要舉手擋住鞭子，卻在鞭子打中的前一刻放下手。

達也原本就已經退到電擊鞭打不中的位置。青年以勉強姿勢使出的大幅度攻擊落空，之後便失去平衡跌坐在地上。

達也不禁發笑。這絕對不是嘲笑，至少達也沒這個意思。只是因為對方過於笨拙，才忍不住露出笑容。達也沒有蓄意嘲笑眼前青年，卻也沒道義為了顧慮對方的尊嚴隱藏表情。

人類主義者的領袖將達也的失笑解釋為嘲笑，就某部分來說也是在所難免。

「我要殺了你！」

但就算這樣，他也氣過頭了。而且青年的殺意並非僅止於話語。他扔掉沒用的鞭子，右手伸進大衣口袋。

他的手從口袋抽出的瞬間，達也的右腳以電光石火的速度行動。

不是由下而上，而是由上而下踢向狂信徒的右手。

達也簡潔俐落降下的腳踝，打落狂信徒手中的凶器。

達也沒讓右腳回到路面，而是往前踢。

臉部中了這記前踢，人類主義者的領袖便迅速往後仰倒，就這麼不再動彈。他的昏迷不知道是達也這一腳造成的，還是後腦杓在倒地時受到重擊所致。

不過，就算是摔到要害，警察也不會責備達也吧。

狂信徒掉落的雙槍管小型手槍掉在地上。約手掌大小，在二十一世紀末的現在依然繼承「德林加」這個名稱的最新型手槍。平民攜帶這種槍當然是無從辯解的違法行為。

愕然看著路面凶器的，反倒是那群人類主義者。清醒站著的人們都露出「不會吧」的表情。

他們大概沒想到自己的領袖竟隨身攜帶手槍吧。

達也轉身面向狂信徒的餘黨。

他們已經失去鬥志。不止如此，看起來甚至失去了逃走的氣力。

達也判斷現場狀況就此解決，解除戰鬥架勢。

然而在下一瞬間，他又擺出嚴肅表情，以備戰狀態轉身。

「哥哥！」

無須從巷口看向這裡的深雪警告，達也就已經準備好發動魔法。

人類主義者的領袖起身了。

他應該早已昏迷，而且現在看起來也不像是回復了意識。

不過這是小事。

達也不是因為表面的異狀做出反應。

人類主義者掛著空洞表情往前伸直的雙手上，浮著已經活性化的ＳＢ——也就是精靈。不，達也認為這種凶厄的紫色火焰與其說是「精靈」，更適合稱為「邪靈」。

「深雪，躲起來！」

「是！」

深雪縮回巷口轉角處。與其說是遵照達也的命令，更像是懾於這聲大喊的氣勢。

達也張開右手往前伸直，手掌射出想子的洪流。

浮在狂信徒雙手上的紫焰，被想子的強風吹熄。

術式解體。被號稱最強對抗魔法之一的無系統魔法命中，當然是這種結果。

「什麼！」

但是達也發出驚愕的聲音。

因為邪靈之火再度在狂信徒手中晃動。

在魔法式被術式解體吹走後馬上再度發動相同魔法，絕對不是不可能的事。術式解體只是發射高壓想子流，效果會在想子流釋放完畢之後停止，消除魔法的效果不會持續下去。

不過，若要重新輸出魔法，術士內部就必須做好準備。魔法施展速度再快的魔法師，也無法省略建構魔法式的程序。即使是無須啟動式的「超能力者」，也無法不靠魔法式就改寫事象。

達也沒看見這名男性內部有進行這套程序。

（不是這傢伙的能力，ＳＢ是第三者供給的。）

精靈……更正，邪靈是其他術士超越物理距離，經由意義上的連結送到青年手上。換句話說就是反魔法主義者成了古式魔法師的黨羽。或許當事人也是在不知不覺中被施法的。應該說，這個可能性反而比較高。

達也沒有再度吹熄邪靈之火。認定恐怖攻擊主謀是古式魔法師而對魔法師動粗的人，卻受到古式魔法師的控制。這絕對不是巧合。達也以這道火焰為踏腳石，用「眼」注視使用法術的魔法師本尊。

「魔……魔法師？」

「老大是……邪教徒？」

青年的同伴看見浮在他手心的火球，愕然呻吟。

這次的火焰並非只有達也看得見。青年召喚出來──或者是被硬塞的ＳＢ，化為肉眼可見的紫色火焰。火焰的顏色汙濁泛黑，所以不知道底下的青年雙手變得如何。或許不只是看得見，而是同樣具備「火焰」實際形體。

「嗚……嗚哇啊啊！」

原本是同伴的年輕人四散逃走。

達也沒追他們。應該說沒必要追。

緊接著，紫焰迸開了。

不是大火球化為小火珠飛散，而是增殖為十幾顆相同大小的火焰彈，從青年手上四射。

火焰彈沒有貫穿建築物。不只牆壁，命中窗戶玻璃的紫焰也如同幻影，沒有留下任何痕跡就消失了。

然而，被火焰彈打中的路樹卻燒焦發黑，似乎隨時都會折斷。

不，形容成「燒焦」並不恰當。

紫焰命中的部位枯黑老化。這根本不像是受到高溫，而是被剝奪了生命熱度的傷痕。

那麼，人類被這種火焰打中會變得如何？

達也以術式解體打下飛向自己的火焰彈。他只打下射向自己的火焰彈。無法否定他是因為過度分心調查術士的真實身分，才會晚一步消除這個魔法。

至少就結果來看，紫焰並非鎖定目標發射。沒打下的火焰彈從達也兩側穿過、從達也頭上飛越，其中一部分也灑向青年的同伴——或者是手下。

現場響起好幾聲形容為死前慘叫也不誇張的尖叫聲。

達也沒轉身，但他身後正在發生人體局部乾枯的奇怪現象。與其說是乾燥得化為木乃伊，感覺更像是只有紫焰命中的部位急速老化。

雖然沒有親眼看見這種現象，但達也知道放任這個魔法不管很危險。雖然有點為時已晚，但他不再反查術士身分，改為專注破壞術式。

如果這個魔法是人類主義者的領袖使用的，只要剝奪他的意識就能了事。但這個青年只是被用為魔法的發射台，何況他已經昏迷，即使能剝奪他的生命，也無法剝奪意識。

剝奪生命大概是最簡單俐落的方法。或許對方可以操作屍體維持魔法運作，但達也的殺人方式是將人體化為塵埃，不會留下屍體。

不過現在達也無法選擇這個手段。這樣再怎麼說都是防衛過當，會無謂刺激媒體。

（……操縱紫焰的術士，沒透過那個男的就無法在這裡釋放ＳＢ。）

若能從藏身處自由朝這個區域發射火焰彈，就沒必要刻意只拿那個青年當發射台。因為只要同時利用其他狂信徒打造出混戰狀態，或許可以對達也造成傷害。

（應該是基於某個原因非得利用那個人。）

——比方說，要刻下印記當成中繼點之類。

如此心想的達也以「眼」仔細觀察。

（凝事。）

他再度以術式解體吹熄青年手上晃動的火焰。

紫焰的ＳＢ魔法立刻再度發動。

（——找到了。）

刻印在青年的手上。刻印從手背貫穿到手心，浮現想子描繪的花紋。光是在瞬間熄滅火焰，隱藏在底下的魔法中繼用機關就暴露在達也的「眼」中。

以可以隱藏在膚色中的顏料刻在手背的刺青。雖然和達也所知的刻印魔法形式不同，不過在性質上同樣是藉由注入想子發揮魔法效果。

古式魔法在這方面的巧思還是略勝一籌。達也抱持這種不合時宜的佩服心態，朝著刺青的一部分使用「分解」。

色素從看起來讓人覺得不可能是人工雕刻的複雜刺青中央剝落。分解魔法使得顏料從皮膚（真皮層）分離。

達也以術式解體打下正面射來的兩道紫焰。這就是最後的火焰彈。成為魔法中繼印記的想子模組被打亂，術士再也無法遙控ＳＢ。

刺青應該也是用來遙控人類主義者的領袖吧。坐在路面直立上半身，如同擺飾般以雙手前伸姿勢僵在那裡的青年，如今再度仰躺。

青年沒起身。看來這次是真的失去戰力了。

達也等待十秒之後，便放鬆警戒。

轉角傳來警察「所有人不准動！」的聲音。即使事情全部結束才趕到，也不會派不上用場。至少達也這麼認為。

他看向兩側路樹蹙眉，再轉身看狂信徒們的慘狀，輕輕嘆氣。幸好沒殃及警察——這是達也由衷的感想。被派來距離魔法科高中最近的派出所駐點的警察，都是接受過格鬥訓練的魔法師，但說到第一高中站前派出所的警官是否能防禦或破解剛才的ＳＢ魔法，就必須打個大問號。

達也依照「不准動」的指示，站在原地不動。現在沒必要動。追查資料不需要動身體。

需要的情報已經在分解刺青——分解敵方魔法師術式媒介的時候讀取了。達也在情報體次元追查敵方的蹤跡。

魔法已經失效，但是曾經和術士直接接觸，並擔任魔法中繼的人就倒在旁邊。和發動魔法的時間點處於時間距離上的相近；和魔法發動的媒介處於空間上的相近；達也自己成為魔法目標則是因果上的相近。

材料如此齊全，關於術式本身的情報也在手上，那麼對於達也來說，要追查到術式擁有者，也就是魔法師本人的情報並不困難。

達也之所以在這裡，是依照「深雪面臨危機」這種模糊預感行事的結果。這次意外得到搜索顧傑的線索並非刻意，完全是一場巧合。

正因如此，即使多少得背負一些風險，達也也不打算放過這個機會。

現在十師族搜索恐怖分子的行動陷入了瓶頸。連四葉家都得不到新的線索，內部逐漸開始產生慌張。

雖然這麼說，但真夜並未催促。老實說，達也也沒那麼焦急，應該說完全沒為焦急所困。畢竟他由衷認為顧傑的事交給警方或情報部就好，至於反魔法主義運動，他認為就某種程度來說是在所難免。

對於無法使用魔法的人來說，魔法的威脅等同於槍砲或炸彈，是無法否定的事實。魔法師是以魔法武裝自己的鄰居，沒有武器的市民想遠離這樣的他們是人之常情。達也認為這是情非得已，早已看開——直到剛才都是如此。

但若反魔法主義者的恐懼與反感成為可乘之機，淪為「敵方」魔法師的黨羽，那就不能無視了。當事人或許不知道自己成為「魔法師的黨羽」，不過那樣就不是「黨羽」，而是單純被當成「道具」。然而無論是「黨羽」還是「道具」，對於被敵視的一方來說，本質上沒有差別。

剛才成為魔法中繼裝置的人類主義者，手腕戴著紅藍線條外框的白色手環。這證明他是和達也恩怨匪淺的反魔法主義國際結社「Blanche」下層組織「Egalite」的成員。

Blanche的背後有周公瑾，周公瑾的背後有顧傑。達也也從各種地方聽聞了這件事。

換句話說，如果只看司令系統，Egalite的成員可說打從一開始就是顧傑的棋子。不過立場愈接近末端的成員，應該愈是因為對人類主義這個思想產生共鳴（或是被洗腦）而加入組織的人。這個領袖也是，他高喊人類主義教義的模樣，看起來不像是作戲。

果然是被騙了吧。推測當事人恐怕是在不知情之下被刻上中繼邪靈的刺青比較妥當。

要是對方今後套用這種模式，以槍或魔法武裝的暴徒混入非武裝遊行集團襲擊深雪就棘手了。這是達也憂心的事。如果他總是在深雪身旁監視四周是沒什麼好怕的，但是在抓到顧傑之前無法這麼做。為了執行任務，達也無論如何都會有一些時間得和深雪分頭行動。

由於肩負除去恐怖分子的任務，自己所愛的人必須在恐怖攻擊的威脅之下心存畏懼。對方不限恐怖分子，即使面對的是犯罪組織，或是將格局放大，像是內戰或是國與國之間的戰爭，都會發生這種諷刺的事情。戰爭與恐怖攻擊的差別只有一個，就是原則上是否禁止直接把非戰鬥人員視為目標攻擊。在近代，區別戰鬥人員與非戰鬥人員的法則已經訂立，因此恐怖攻擊與戰爭或許可以當成截然不同的兩回事，但是當事人是否遵守這個法則就另當別論。

但達也也無法選擇停止追緝顧傑。即使在這時候收手，也無法確保深雪安全。到頭來達也能選擇的，就是盡快找出顧傑阻止他繼續亂來。他只有這個選項。

達也將自己的意識一分為二，令其中一半朝向遼闊的情報大海。半邊意識準備應付任何危害深雪的事物，另一半追查使用紫焰魔法的魔法師情報。

事象中伴隨著情報。只要產生任何變化，「變化」的情報必定會化為痕跡。即使是魔法這種「操作情報的技術」也一樣。消除痕跡情報的情報操作，也會留下情報成為痕跡。「使喚ＳＢ」的情報被抹除，就會留下墨水的痕跡；如果以底色填滿塗黑的墨跡，就會留下不自然的濃淡痕跡。事象痕跡的情報再怎麼稀釋，也絕對不會消失。

（……找到了。）

達也的「視野」浮現魔法師的情報。

（不是顧傑嗎……）

說來遺憾，達也「看見」的魔法師情報，不是在座間遭遇的顧傑。如果反查找到的對象是顧傑，應該從這裡使用雲消霧散就能解決。既然能「看」得這麼清楚，物理距離就毫無影響。

（照這種清晰度，搞不好也可以取得詳細的位置情報？）

達也接連讀取遠方魔法師的情報。名字是近江圓磨，魔法師封號是「傀儡師」，現在位置在鎌倉的……

（！）

突然間，他正在觀測的情報體大幅變更。為了避免「眼」受到傷害，達也反射性地中斷連結。達也的視野恢復為肉眼所見的視野。正在趕過來的警官和他的距離，和他將意識移入情報體次元之前差不多。經過的時間不到一秒。

（也就是說，是在我破解魔法之後立刻殺掉的嗎？）

情報的變更內容是從生者改成死者。達也開始追蹤情報，是破解紫焰魔法的十幾秒過後。大概是中繼點被破壞的消息，傳達到魔法師身旁某人那裡的時候吧。魔法師在達也觀測時遇害是偶然，但殺害行為本身大概是既定方針。內鬨的可能原因之一是對方知道或推測這邊擁有情報反查的技術。

「真難纏的對手……」

達也對接近的警官舉起雙手表示不做抵抗，在嘆氣的同時低語。

或許已經無法選擇手段了。

達也如此心想。

◇　◇　◇

在近江圓磨的住處，顧傑低頭看著剛才下手殺害的屋主屍體，深刻體會到已經不能有半點猶豫了。

他殺害這個古式魔法師好友，是因為感覺到術法反查的氣息。雖然和顧傑所知的所有術式不符，卻感應到某人的意志用恐怖的氣勢沿著ＳＢ魔法施放的路徑逆向接近。

顧傑幾乎是反射性地殺害近江，以封閉路徑，卻沒自信完全截斷敵方的術法。雖然用反擊術式應該能夠阻斷，但是可能會被對方得知這裡的位置。顧傑是這麼認為的。

顧傑感受到的是達也的「視線」，卻不知道這是專精於調查的技術，沒有攻擊效果。不過顧傑半世紀以來每天過著逃亡暗鬥的生活，他感應危險的能力，直覺嗅到達也瞬間對情報體次元的觀測——並且視為對自己的敵意。

「原本希望能夠多撐一整天……」

顧傑看向躺著兩具人體的隔壁房間低語。他取得的兩具材料，其中一具潛力高到他至今未曾處理過，顧傑甚至認為當成免洗工具很可惜。只要再一天，就可以改造成能長期使用的施法器，而不是現在這種死士（不是覺悟一死的兵士，而是正如字面意義已經死亡的兵士）。

「雖然可惜……不過太貪心也很愚蠢……」

顧傑搖搖頭斬斷眷戀，然後拿著裝飾複雜，才剛用來殺害自己老友——古式魔法師近江圓磨的短劍，前往隔壁房間。

◇　◇　◇

（我這種打腫臉充胖子的個性，或許遲早會害死我自己……）

泉美露出無精打采的表情，對面前的大人們藏起這份自我厭惡。實際上她確實也很消沉，所以要裝出這種表情並非難事。

「……那麼，櫻井同學除了使用護壁魔法抵抗暴力，就沒有使用其他魔法了對吧？」

「是的。」

一年B班——也就是泉美班上的指導老師如此詢問，泉美簡短做出肯定的回應。

「對方使用演算干擾是事實嗎？」

這個問題是八百坂教頭問的。

「是的。」

泉美做出同樣簡短、確實的回應，但是她獨自應付包含校長與教頭在內的四名教師，對她來說也不輕鬆。

為什麼自己非得體驗這種胃痛的情況不可？泉美的腦海掠過這樣的怨言。但是會陷入這種狀況是泉美自找的。泉美有這種自覺，所以憤怒與煩躁就只是以未完全燃燒的狀態，一直在心中冒著黑煙。

自己學校的女學生被年輕男性集團找碴，而且原本可能發展成傷害案件。既然這樣，不只是教頭，連校長都出面處理也不奇怪。泉美可以理解身為當事人的自己當然會被要求說明。

問題在於為什麼非得由她獨自扛下這個職責。

不，泉美也明白箇中道理。她好歹知道現狀是情非得已。

對方擁有稀少的軍需物資——晶陽石。而且還想使用暗殺用的手槍。

從結果來看，本應是反魔法主義者的暴徒卻使用魔法導致人員受傷、物品受損。這麼嚴重的案件，警方無法只在派出所簡單偵訊。不是加害者而是受害者的泉美等人，也被要求一起前往八王子警察局。

不過，同樣因為案情嚴重，也必須立刻回報學校。必須有人先回學校。

水波是使用護壁魔法的當事人，警方要求同行。達也也一樣，雖然是為了自衛，但他還是動用了武力，因此無法拒絕接受偵訊。深雪的行為雖然不算是使用魔法，但感應器也偵測到她釋放大量想子。

依照刪除法，能夠回學校報告的只有泉美。泉美也理解這一點。不過就如同大家常說的，理性與感性是兩回事。

「七草同學。」

至今默默聆聽的百山校長開口了。

「有。」

泉美以緊張的聲音與表情回應，看向校長。

「暴徒是在認出妳跟司波同學的身分下轉換目標的，沒錯吧？」

即使百山犀利的眼神令泉美畏縮，她依然以毫不迷惘的語氣回答。

「是的，校長。他們看著我說我是『七草家的』，也和同伴確認司波會長是『第一高中的學生會長』，然後就走向我們。」

「換句話說在他們心目中，比起當初被找碴的一年級學生，妳們的優先順位比較高。」

「我也這麼認為。」

「嗯……」百山輕呼一聲，在和服袖子底下雙手抱胸沉思。

泉美耐心等待下一句話。首先承受不了沉默壓力的是大人們。

「校長。」

八百坂教頭有所顧慮……應該說戰戰兢兢地對百山說。

百山看起來不在意思緒被打斷，看向八百坂。

「教頭。明天開始臨時停課，期間暫訂到二十三日星期六。」

「校長，您這樣突然停課……」

校長的唐突決定，使得八百坂不禁頂嘴。八百坂立刻露出「糟了」的表情閉嘴，但百山出乎預料的沒有破口大罵。

「要問理由？」

「啊，是的，那個……」

相對的，八百坂承受了「連這種事都不知道？」的輕蔑眼神。

「如果本校學生是隨機遇襲，那這就只是不平分子的失控。」

即使如此，百山依然不厭其煩地說明。或許是他具備教育者應有的樣子，喜歡教人吧。

「然而看來實際上，對方會優先鎖定本校的特定學生襲擊。很可能不是一時衝動下的情緒爆發，而是有組織又有計畫的犯行。」

「組織犯罪嗎……」

臉色蒼白的不只是八百坂，還包括一年B班的指導教師、一年級的主任教師、聚集在校長席周圍的其他大人們，不只如此，連泉美臉上也失去血色。

「預料對方不是單純的暴徒，手段可能逐漸偏激。必須稍微靜觀其變。」

「是……校長說得是。」

「手續就交給你了。」

百山對八百坂下令之後，再度看向泉美。

「七草同學，辛苦妳了。」

雖然聽起來一點都不像慰勞，但泉美將這句話解釋為獲准離開。

「不，這是我的義務。」

想盡快從這裡解脫的泉美，沒放過這個機會。

「那麼校長，我告辭了。」

她恭敬行禮之後，便走向出口。

◇　◇　◇

在警察局接受偵訊完畢的達也等三人抵達自家時，時鐘短針已經走過數字七了。畢竟剛發生那種事件，所以警方也開偵防車送他們返家。達也的機車則由交通課的重機警官騎過來。警官似乎有注意到機車的整流罩與輪胎改裝為防彈設計，但不曉得是不是知道達也的身分，並沒有多問什麼。

而深雪與水波的私人物品就這麼放在學校置物櫃。不過並不是會融化或腐敗的東西，所以三人決定明天再去拿，今天就不再出門。雖然以魔法反查難得掌握到的顧傑線索將會眼睜睜地浪費掉，不過達也在這方面有個想法。

總之，達也與深雪今天都打算就這麼在家裡休息，可他們在玄關脫鞋之後不到十分鐘，就收到電子郵件的通知。

迅速把兼用為戰鬥服的騎士外套與長褲換成便服的達也，在起居室沙發蹙眉看著展開的行動終端裝置畫面時，晚一步換好衣服的深雪下樓了。

「……哥哥，看您面有難色，是收到什麼壞消息嗎？」

「不，並不是，不過……」

達也抬頭回答深雪，以眼神朝身旁示意。

深雪就這麼聽話地坐到達也身旁，看向達也斜擺給她看的終端裝置畫面。

「達也大人、深雪大人，茶泡好了。」

將圍裙穿在制服外面的水波端茶過來。托盤上是達也要求泡濃一點的煎茶。水波將茶杯放在桌上之後，以眼神詢問達也是否還有其他吩咐。

「等我一下。」

達也對水波說完，看向深雪。

深雪剛好看完這封不算長的電子郵件，抬起頭。

「哥哥，這……我們也不能拒絕呢。」

「是啊。」

達也輕輕嘆口氣，轉頭看向等待他指示的水波。

「喝完這杯茶，我與深雪要出門。我們會在外面用餐，水波自便吧。先休息也沒關係。」

深雪大概感覺哥哥的說明不完整吧。

「十文字家的新當家邀請我們過去。我想應該會晚點回來。」

在水波回應達也的指示之前，深雪如此補充。

「遵命。」

不過，無論是否有詳細說明，水波的回應都不會改變。她恭敬地向主人兄妹低頭致意。

◇◇◇

深雪對水波說「十文字家的新當家邀請我們」，不過這樣的說明並不完整。達也帶著深雪造訪的地方不只是克人在等待他們，連真由美與將輝也在。

地點是平常開會的餐廳。外觀看來只像是稍微大了一點的獨棟住宅，深雪入內時似乎也有些困惑。

達也有預先告知克人今天不參加會議。時間也已經超過晚上八點。以往在這個時間，連會議之後的餐會都已經結束了。

即使如此還是通知兩人前來。克人、真由美與將輝都以嚴肅表情迎接達也與深雪。

「讓各位久等了。」

「抱歉突然找你們過來。先坐吧。」

對於達也形式上的道歉，克人頗為認真地以抱持罪惡感的語氣回應，邀達也與深雪入座。

等待達也兄妹抵達的克人他們三人早已就坐。克人坐在餐桌短邊的主位，真由美與將輝依序坐在同一側。明明是法式餐廳卻採用了英美形式的餐桌席位，不知道是意味著不受瑣碎禮儀的束縛，還是打從一開始就不在意這種事。達也解釋為後者，讓深雪坐在真由美的正對面，自己坐在將輝正對面。

「司波同學，妳沒事吧？」

兩人一坐下，將輝就詢問深雪是否受傷。

「是的。以結果來說完全沒事。謝謝你的關心。」

深雪回答之後朝著將輝嫣然一笑。將輝臉色泛紅，同時露出了更勝於害羞的安心表情，放鬆肩膀。

看來將輝真的在擔心深雪。如此解釋的克人與真由美沒責備將輝的心急。

「司波，今天真是苦了你啊。」

克人不是勸誡將輝，而是朝達也這麼說。

「是啊，這出乎我的預料。」

達也沒逞強，率直承認自己的預測過於天真。

「對方不只帶槍，還以魔法攻擊吧？」

真由美一臉憂慮地詢問。

「反魔法主義者使用魔法？還是敵方魔法師混入人類主義者集團？」

緊接著，將輝直接提出疑問。

達也不是回答將輝，而是以回報克人的形式開口。

「被當成魔法中繼點的是『Blanche』下層組織『Egalite』的成員。」

「Blanche？」

克人揚起眉角表達意外。

「那個組織不是被逐出日本了嗎？」

「應該是有餘黨躲在不為人知的地方吧。」

達也開口回答後，克人「嗯……」地雙手抱胸，一副無法接受的樣子。十文字家也有參與「Blanche襲擊事件」的善後工作，克人大概是認為，「Blanche」與「Egalite」早就完全無法運作了吧。

「達也學弟，什麼是『中繼點』？」

前年四月以第一高中為舞台的發生的那個事件，真由美也絕對不是局外人，但她似乎對別的地方感興趣。

「這次主導對一高學生『挑釁』的『Egalite』成員不是魔法師。古式魔法師以那個男人當作『中繼點』遙控魔法，以他們的說法是當作『使魔』。」

「做得到這種事？」

真由美看起來是真的嚇一跳。設定中繼點遙控魔法的技術並非專屬於古式魔法，但現代魔法確實很少使用，她不知道也是在所難免。

「詳細的理論先省略，總之就是在中繼點留下魔法印記，從印記發動魔法。如果是從魔法發動點發射子彈或熱能、音波等能量的魔法，即使不用朝攻擊對象發動魔法，也可以成為攻擊手段。這次是以中繼點召喚SB進行隨機攻擊的術式。」

「對方是古式魔法師吧？查出真實身分了嗎？」

真由美說著「是喔～」感到佩服時，一旁的將輝問道。

雖然達也沒說出來，但他認為這是最有益的問題。

「我記錄術式了，正在請人調查。」

達也先如此帶過。但他確實正在請人調查。現在已經查出姓名與住處，對方卻不是顧傑本人，所以光是這些情報還是派不上用場。

名為近江圓磨的古式魔法師究竟是什麼來歷？在國內有和誰打交道？出入哪些地方？隸屬於哪種組織？現在還沒取得任何這種可能在調查顧傑下落時派上用場的線索。

此外，顧傑肯定已經從近江住處逃亡，但或許殘留了和他本人相關的物品。達也抱持這樣的期待，目前正委託亞夜子與夕歌調查。之所以找上夕歌，是因為在這次的事件，達也認為擅長精神干涉系魔法的津久葉家比黑羽家更適合追蹤。

「記錄術式？究竟是怎麼做的……」

CAD的啟動式程式，是將魔法式設計圖數位化後儲存的。記錄魔法式是現行技術，絕非不可能。但這只是將得到目標效果的魔法式建構並且記錄下來。在戰鬥時觀測、分析別人使用的魔法式並且儲存為檔案，是超越現代魔法工學的技術。將輝會抱持疑問也是理所當然。

「……不，我問得太冒失了。抱歉。」

但是將輝不等達也回答，就低頭道歉。在魔法師的世界裡，追問對方使用的魔法是違反禮儀的行為。將輝在與會人員批判之前，就先察覺這個問題抵觸了大原則。

「我不在意。不過，這件事希望各位保密。」

「那當然。所以司波，大概什麼時候會查出結果？」

達也笑著接受道歉，克人則把話題帶回正題。

達也收起笑容，重新面向克人。

「我認為會用上明天一整天。只要查出線索，我會立刻通知學長姊。當然還有一条。」

「知道了。這部分交給四葉家處理。」

真由美與將輝都沒對克人這番話提出異議。

相對的，真由美朝克人使眼神之後，便轉頭看向深雪。

「深雪學妹，今天辛苦妳了。沒受傷真是太好了。」

「感謝學姊的關心。」

深雪微微低頭，等待真由美的下一句話。

不用說，真由美的正題是另一件事。

「我聽妹妹說，反魔法主義者是衝著妳來的吧？」

這裡的「妹妹」應該是指泉美。看來泉美沒有正確告知狀況，所以深雪加以訂正。

「不，正確來說，對方在遇上我們之前是纏著別的學生，發現我之後就轉移了目標。」

「對方果然知道妳的事情嗎？」

真由美想說的應該是「對方知道深雪是四葉家下任當家」。

深雪委婉否定。

「對方似乎知道我是第一高中的學生會長。」

以「和十師族相關」這點來說，深雪反倒聽見那群人推測泉美是七草家直系的討論，但她沒說出這件事。

「無論如何，可惡的人類主義者盯上司波同學了吧？」

真由美旁邊的將輝插嘴。

「我們是這麼認為的。」

真由美如同要妨礙深雪與達也反駁，間不容髮地說下去。

「所以深雪學妹，可以讓我們派人保護妳嗎？」

真由美的提議令深雪為難。

「保護我嗎？可是我……」

深雪想說「我有哥哥陪伴」，但說到一半就察覺這句話不適用於現狀。

達也現在為了搜索顧傑，放學後和深雪分頭行動。即使物理距離遙遠，達也依然隨時以「眼」觀察深雪周圍，排除危險，但這件事和達也能力的祕密有關，不能對外人說明。

除非詳細說明達也的特異能力，否則真由美他們應該無法接受這種說法。而且今天達也剛展現過趕赴深雪身邊解除危機的樣子，所以更不用說。

「這麼做，是為了逮捕前來襲擊深雪的人嗎？」

深雪語塞時出面解圍的達也，語氣透露著不悅。

達也的視線依序投向克人、真由美，接著固定在將輝身上。

「一条，你打算拿深雪當誘餌？」

「才不是！」

將輝以極度激動的語氣回嘴。

「我不會讓她做這種事！要誘餌的話由我來當！」

將輝這番話毫無虛假，但達也的眼神依然犀利。

「所以你不否定使用誘餌計畫是吧？」

將輝露出「糟了！」的表情，不再說話。

「是吉祥寺的點子嗎？」

因為達也猜中了，使得將輝無法反駁。

「一条確實提議過由自己當誘餌。」

場中洋溢尷尬氣氛的這時候，克人出面緩頰。

「派人保護四葉下任當家逮捕恐怖分子，作為查出幕後黑手顧傑藏身處的線索——這樣的想

法也確實可行。」

克人提到的「四葉下任當家」，不用說當然是深雪。他認為達也的批判不是亂猜。

「但這不是最主要的目的。派護衛始終是為了保護下任當家。司波，這是七草為了讓你專心搜索的一番好意。」

達也視線從克人移向真由美。

真由美雙眼使力，承受達也的視線。

「……知道了。」

達也在說話的同時放鬆眼神力道。

「不過，這個提議請容我拒絕。護衛就由四葉家安排。」

但達也只有語氣上是斷然拒絕了真由美的提議。從她的個性推測，她提議派人保護深雪「幾乎」完全出自善意，但實際派遣護衛的是真由美的父親，派來的人不可能只是警戒目標的周遭這麼簡單。

「這樣啊……從深雪學妹的立場考量，或許也是當然的吧。」

「別這麼說，學姊的好意，我滿懷謝意心領了。」

深雪朝真由美恭敬行禮。

真由美笑著搖頭之後，這個話題便告一段落。

「十文字學長。」

達也穿過深雪與真由美相視下的交錯視線，詢問克人。

克人以視線回應達也。

「剛才實際修理反魔法主義者的是我。需要誘餌的話，我比較適任吧？」

反駁達也的不是克人，是真由美。

「沒有豺狼會主動挑戰獅子吧？除非是被獅子襲擊不得不反擊的狀況，倒還有可能。」

「除此之外，如果是為了搶食物吃，或許也會發生這種事。」

克人不經意補充這番話，引得真由美目不轉睛地注視他。

「十文字，雖然我認為不可能，但你該不會真的想拿深雪學妹當『誘餌』吧……」

「七草，雖然妳講得置身事外，不過反魔法主義者會鎖定的對象，可不只是四葉下任當家喔。妳這個七草家的長女被盯上的可能性也絕對不低。」

克人冷不防這麼一說，令真由美睜大雙眼眨了眨。

「關於今天的事件……」

真由美啞口無言的這時候，深雪如同要填補這段空白般說。

「人類主義者的目標不只是我。我確實聽到他們發現泉美學妹時說是『七草家的』。」

深雪並不是刻意等待有效發言的機會，但也沒浪費這個偶然來訪的好機會。

克人、達也與將輝的視線集中在真由美身上。

「……咦，我？」

真由美一臉慌張地指著自己。

「七草，妳現在的護衛情形是怎樣？」

「我沒問題啦。自己的事情，我好歹會自己想辦法。」

克人沉重搖頭。

「七草學姊才需要重新審視護衛問題吧？」

「是啊。」

達也說完，克人這次同樣以沉重的態度點頭。

「慢著，我不是說我沒問題嗎？」

「我並不是懷疑妳的能耐，但是不怕一萬，只怕萬一。」

「又不是完全沒護衛跟著我！」

「是嗎？但我不記得在大學校園看過類似的人影……」

「我不可能帶一大票外人進校園吧！」

看來深雪可以免於被七草家的人保護了——達也與深雪看著爭論不休的真由美與克人，如此心想。

◇　◇　◇

達也等人結束會議，開始用餐的這時候，九重八雲正迎接意外的訪客。

主殿深處的廳堂，八雲難得身穿袈裟坐在下位。對方是個使得自稱拋棄俗世的他必須在意俗世禮儀的人物。

訪客的外型很奇特。肌肉由於年邁而減少，但肩膀很寬，即使坐著，也看得出他年輕時是威風的豪傑。

頭髮和出家人一樣剃光，但身上穿的看起來是名牌西裝，而且穿在他身上非常自然。不是單純慣用高級品，而是訂製高級西裝所象徵的俗世權勢從內側透露出來的感覺。

灰色的粗眉毛與圓圓雙眼。雖然不是眉清目秀的類型，卻具備風範。不過那顆發白混濁的左眼會讓對方感受到異常的壓力。長相奇特的印象也肯定主要來自這顆左眼。

「鼎鼎大名的青波高僧閣下，居然屢次造訪貧僧這間無名寺廟，究竟是什麼風將您給吹來的呢？」

八雲將不甚遵守茶道泡好的茶端到客人面前。

穿著西裝，看似僧侶的這名客人隨手拿起茶碗，仰頭喝一口就放回榻榻米上。說來神奇，雖然飲用方式完全無視於形式，看起來卻沒有粗俗無禮的感覺。

「無名寺廟嗎？九重八雲，謙虛過度聽起來會很刺耳喔。」

「恕貧僧失禮。」

八雲以不太在乎的態度回答後，被叫作「青波高僧閣下」的老人瞇細右眼。

「再說，區區無名寺廟的住持，會用這麼隨便的語氣對我東道青波說話嗎？」

「哎呀，惹您不高興了？」

「不，這樣反而痛快。」

東道老翁這次一口氣喝光八雲泡的茶。

「我還要一碗。」

八雲淺淺一笑行禮致意，接過茶碗。

他將茶爐燒開的水（這間廳堂沒設置地爐，所以寒冬也是使用茶爐）注入茶碗，拿起茶刷，同時以悠閒的語氣詢問：

「所以閣下，您今天有何貴幹？」

八雲攪拌抹茶與開水，收回茶刷之後，不是用手遞出碗，而是放在榻榻米上推給東道老翁，然後抬起頭。

「您上個月剛蒞臨一次，總不可能是來看貧僧的吧？」

八雲說的「上個月」是一月四日的事。達也與深雪新年來拜年的那天，出乎預料先來訪問的客人就是這名僧侶外貌的老翁。

「九重八雲，我想借用你的力量。」

對於八雲的詢問，東道老翁的回答極為簡潔。

「這就奇了，貧僧這樣軟弱無能的和尚，幫得上高僧閣下的忙嗎？」

「別裝蒜了。你的幻術被譽為果心居士再世，如果你叫作軟弱無能，這個世界根本找不到有能的術士。」

「話說，也有人認為果心居士只是魔術師。『果心居士再世』這個評價，也意味著貧僧的招式只不過是花拳繡腿吧？」

「這是昔日認定魔法是天方夜譚時的說法吧？這樣打馬虎眼也沒用，我知道你的實力。」

老翁不只是充滿自信，還以述說自明之理的語氣如此斷言，使八雲搔了搔腦袋。

「……所以閣下，您說『借用力量』的意思是？」

八雲原本就不認為能夠對東道老翁打迷糊仗。他很清楚這名左眼白濁的老翁是何等人物。

「我無法坐視顧傑這個大陸妖術師囂張下去。拿死人當傀儡本來就是汙穢世間的法術，他那樣濫用根本來不及祓濯。」

「閣下，您提出神道領域的要求，我這個做和尚的會很為難。」

「我不是要你加入祓濯行列，只是希望你協助斷絕汙穢的根源。」

「換句話說，是要收拾顧傑那個方術士？」

八雲嘆了口氣。這不是裝出來的。

「將他逐出日本就好。不問生死。」

「但閣下底下的人，似乎不認為可以放他一條生路……」

「四葉那邊已經不是我的屬下。現在的我單純是贊助者。」

東道老翁這番話八雲沒有當真，任憑左耳進右耳出。這名老翁確實是昔日第四研的擁有者，現在則是四葉家的贊助者，卻不「單純」是如此。而且八雲也早就知道他不只贊助四葉家。

「要是貧僧涉入俗世，大本山那邊會嘮叨的。」

這不是藉口。說來很丟臉，但這對於八雲來說是現實。

只不過，對東道青波抱怨這種事也沒意義。

「比叡山那邊由我去說。」

因為這名老翁在幕後擁有的權力，足以輕易擺平這種程度的「小」問題。

「這樣啊……」

難得八雲感覺自己只能嘆氣以對。

「雖然這麼說，但我不打算對你要求太多。畢竟我也不是處於這種立場。」

「請先具體說明您的要求吧。貧僧聽過再決定是否能答應。」

以八雲的能耐，才能以這種方式回答。像九島烈雖然比東道老翁年長，但應該打從一開始就無法拒絕這種「委託」吧。

「希望你成為司波達也的助力。」

「……入道閣下也站在他那邊嗎？」

「雖然是偶然之下的『作品』，但他是一種極致。還得繼續讓他盡責才行。」

八雲對達也感到同情。他知道東道老翁說的「盡責」，指的是必須以白老鼠身分貢獻自己，提供更多的研究資料。

東道青波的勢力範圍很廣。八雲認為達也很難逃出他的手掌心。

但是不提這個，八雲不覺得達也會在當前面對的這個事件中陷入苦戰。

「貧僧不認為區區顧傑能對他造成威脅。」

「我不是害怕司波達也和顧傑對決。」

「那您是擔心可能和STARS起衝突嗎？」

ＵＳＮＡ統合參謀總部直屬魔法師部隊STARS的幹部入侵日本的行動與目的，八雲都已經掌握。雖然不至於調查到動機，但他知道ＵＳＮＡ的目的是親手暗殺顧傑。ＵＳＮＡ軍試圖阻止顧傑落入日本當局手中。恐怕是有某些不想被日方知道的隱情。

達也把顧傑逼上絕路後，STARS將會再度擋住他的去路。這是很容易預測的事。不過就算這麼說，八雲也不認為會發生自己一定要幫忙的狀況。

「純粹以戰鬥力來說，貧僧認為STARS的第二把交椅——班哲明・卡諾普斯・洛茲也比不上司波達也。」

「前提是無視於所有規則殺個你死我活。」

「原來如此。」

八雲明白東道老翁在掛念什麼了。他擔心最後落得抵觸「規則」的下場。東道青波想避免四葉的「作品」被拉上不以暴力分勝負的戰場。

「我想拜託你握好司波達也的韁繩，以免他陷入不妙的狀況。」

「不用搜索顧傑？」

「能解決掉當然最好，但這部分我不過問。反正就算扔著不管，STARS也會處理顧傑。」

換言之，顧傑被STARS暗殺也無所謂。大概是不在乎十師族的面子問題吧。就東道老翁看來，十師族稍微陷入不利的立場，或許正合他的意。

「既然這樣，貧僧就答應吧。畢竟貧僧和司波達也也不是外人。」

「感謝。以十張座墊當報酬如何？」

這裡說的「座墊」是昔日慣用紙鈔交易時的行話，一張「座墊」是一萬張萬圓鈔，也就是一億日圓。十張座墊就是十億圓。

八雲露出苦笑，搖頭回應東道老翁所開的價碼。

「不不不，別看貧僧這樣，貧僧自認已經遠離塵世，不需要金錢報酬。」

這次是東道老翁一臉正經地搖頭。

「免費的東西最貴，這是真理。至少我這麼認為。如果你不想收現金，我就委製一尊適當的佛像送過來吧。」

順帶一提，東道青波送的佛像是純金材質。

「請不要送難以處理的物品過來。」

「你難以處理？這就某方面來說似乎挺有趣的，但是不可能吧。」

東道老翁撐著膝蓋起身。這個動作和他的年齡印象相符。

緊接著，八雲也無聲無息地起身。

「雖然茶『一如往常』難喝，不過感謝款待。」

東道老翁「照例」如此抱怨之後，八雲便笑著拉開紙門。

達也與深雪和克人、真由美、將輝用完晚餐返家時，已經是晚上十點多。但是這時間對於高中生來說不算太晚。水波當然還沒睡。

「歡迎回來。」

換上工作服（也就是侍女服）的水波，來到玄關迎接達也與深雪。

「我們回來了。有收到什麼聯絡嗎？」

達也問完，水波露出有微量猶豫與少量為難交錯的表情。

「四葉本家、黑羽大人與津久葉大人都沒聯絡。」

達也確實在等待白天反查掌握到的魔法師相關調查結果。但是聽水波的語氣，感覺像是有收到其他通知。

「在客廳跟我說說吧。」

「遵命。」

達也、深雪、水波依序進入客廳。達也與深雪坐在沙發上，水波就這麼站著報告看家時收到的郵件內容。

「一高緊急通知一件事。」

「緊急？」

「是的，深雪大人。水波認為，應該是因為雖然不是迫在眉睫，卻得在今天告知大家，才列為緊急事項。」

「那麼，是什麼事？」

「學校明天起停課。停課期間到二十三日星期六，不過可能會延長。」

達也問完得到的回答，足以讓兄妹吃驚。

「……真突然啊。」

「……繼二高之後發生今天這種事件，可以理解校方為何這麼做。」

達也也和深雪一樣覺得過於突然。他勉強編個藉口讓自己接受。

「原來如此……不過，這下麻煩了。」

深雪按著臉頰輕輕吐氣。

「怎麼了？」

達也一問，深雪就有些害羞地稍微移開視線。

「由於回學校途中發生那場騷動，後來又從警局直接回家……所以，我的私人物品還放在學達也從深雪的模樣察覺到，這裡說的「私人物品」應該是不想被別人看見的東西。

「那就明天去拿吧。」

深雪一臉驚訝地仰望達也。

「可是哥哥，學校不是封鎖了嗎？」

「只是進去拿個私人物品。如果無論如何都進不去，到時候妳就會死心了吧？」

深雪沒說這不是那麼重要的物品。

「說得也是……」

深雪確實很在意，因此決定恭敬不如從命，讓達也陪她跑一趟。

當晚，達也就沒有再出門了。他知道ＳＢ魔法的遠距離攻擊是從某處發動的。前往現場也是一個方法，但達也選擇別的手段。

「深雪，方便借點時間嗎？」

在接近凌晨零點，只等上床就寢的這時候，達也敲了敲深雪房門。

「啊，好的，請稍待。」

門後傳來慌張的回應。傳來匆忙走動的氣息不久，深雪就露面了。

「哥哥，請進。」

深雪眼角微微泛紅，可能是因為她只在睡袍外面加披一件罩衣，為這身打扮感到害羞。但她任憑罩衣前緣敞開，應該不是因為沒時間處理。

面對身穿睡衣的深雪，達也就這麼毫不客氣地受邀進房。

「請隨便坐。」

「不用，我站這裡就好。」

但達也背對房門，沒有往前走的意思。

「哥哥？」

「深雪，我突然這麼說很奇怪，不過……」

「嗯？」

這種拐彎抹角的說話方式不像達也的個性，使得深雪有點納悶。

「明天可以早點起床嗎？」

只是這點小事，哥哥為什麼一副難以啟齒的樣子……？深雪雖感到疑惑，但當然回答了「YES」。

「好的。我不介意，不過具體來說要幾點起床？」

達也這時候的回應出乎深雪預料。

「麻煩四點到地下的實驗室。」

「……真早耶。」

「嗯，抱歉……」

「不，沒關係！」

深雪過於慌張，不禁回以率直的感想，卻立刻收回可能被解釋為牢騷的這句話。自己絕對不能對達也表達不滿。這份焦急使得深雪以過重的語氣否定。

「這樣啊。」

這股氣勢使得達也微微睜大雙眼。但他立刻回復為隱藏躊躇的表情。

「哥哥，您還有其他要求吧？請儘管吩咐。」

一點都不想被達也討厭。滿腦子這麼想的深雪，接近達也這麼說。

沒繫腰帶的罩衣敞開，使隔著睡袍，沒穿內衣的胸前曲線映入達也眼簾。

達也將視線抬高到深雪肩膀以上，忍著不自在的心情回答妹妹的問題。

「來實驗室之前麻煩先洗澡。只淋浴也沒關係，總之把身體弄乾淨再來。」

「好的。」

深雪回答的聲音變尖，但她正擔心達也是否有聽到自己胸口劇烈的心跳聲，未察覺這點。

「衣服就穿內衣加罩衣……不，穿泳裝來吧。」

深雪感受到心臟差點破裂的震撼。

「好的。請……請問，是要調校ＣＡＤ……嗎？」

指定前往實驗室時深雪就知道不是要調校，但她為了克制自己的激動情緒，刻意這麼問。

「不，不是。」

達也說著移開目光。

深雪見狀睜大雙眼。

——凡事都不為所動的哥哥居然在害羞？

「關於要做什麼，我到時候再說。抱歉，麻煩妳了。」

達也就這麼看著他處迅速說完，走出深雪房間。

深雪關上房門，隨即癱坐在地上。

按著臉頰的雙手感受到熱度。

她一邊在內心百般叮嚀自己「一定要在三點起床」，一邊鞭策脫力的雙腿走向床。不能睡過頭是當然的，卻也絕不能對哥哥露出沒睡飽的丟臉模樣。深雪對自己如此告誡後，便硬是入睡。

深雪或許是因為在各方面上過於「胡思亂想」而昏迷，但總比興奮到睡不著來得好。這麼想就覺得結果還算妥當。

即使睡眠時間只有短短三個小時，但深雪依然在凌晨三點完全清醒，並在仔細將身體洗乾淨之後穿上新買的內衣，再穿上罩衣綁好腰帶。達也結論上是要求她穿「泳裝」，但她覺得穿內衣比較好。

◇◇◇

深雪在梳妝台前面反覆梳頭髮。她的頭髮不會打結，梳一次就夠了，但她反覆梳理。化妝用品映入眼簾，但深雪最後決定不化妝。因為她認為達也不希望她化妝。洗髮精也是使用無香料的種類。身上也不戴任何飾品。達也那句「把身體弄乾淨」，深雪是這麼解釋的。

即將四點時，深雪前往地下實驗室。首度測試飛行演算裝置的那個房間。

「我是深雪。」

「進來吧。」

深雪深呼吸一次之後打開實驗室的門。她雖不由自主停下腳步，還是立刻進房關上門。她之所以停下腳步，是因為被達也的模樣嚇到。達也只穿著一條貼身的五分泳褲。走廊也有開暖氣，但房內更暖和。一定是有刻意調整為只穿泳裝也不會冷的溫度吧。

深雪只有短暫猶豫。

她主動解開腰帶，罩衣滑落地面。

這次輪到達也倒抽一口氣。他原本以為罩衣底下是泳裝，而且是不太清涼的連身款式。

但實際上不是這樣。

那是使用大量蕾絲，換句話說，就是看得見肌膚的半透明部分很多的白色成套內衣。

如果是黑色或紅色就肯定是強調性感的設計，但白色的內衣卻醞釀出優雅印象。不過穿這套內衣的深雪自己散發的氛圍，肯定也大為影響這層印象。

「哥哥……」

深雪羞紅著臉地（仔細看會發現不只是臉頰與眼角，連頸子到胸前都染上淡淡紅暈）稍微將視線朝下，對達也這麼說。

「有什麼吩咐，請儘管說……」

即使達也在這裡命令「將內衣全部脫掉」，深雪也不會違抗吧。她的聲音透露出這個覺悟。

「——進入正題之前，先聽我說一下。」

「——是。」

兩人維持約兩公尺的距離面對面站著，而達也就這樣向深雪說明。

「如妳所知，我的『眼睛』不是千里眼那類的。這不是在潛意識領域自動挑選想知道的事物，再投影到意識的方便能力，而是一定要遵守因果原則，主動對世間萬象進行選擇與取捨，才

「不是任憑直覺，而是確實讀取想要的情報——我認為這是了不起的特異能力。」

聽見深雪稱讚，達也沒有謙虛。

「確實，雖然比較費力，但因為是主動篩選情報，相較於任憑潛意識運作的能力，或許比較準確。不過由於必須自行尋得因果的系統樹，需要消耗的資源也確實比千里眼之類的多。」

「是指魔法方面的資源嗎？」

「注意力、集中力、毅力、多方面的思考力……雖然不是只和魔法相關的能力，不過要統稱為『魔法資源』也沒問題。應該說，這樣說明反倒比較好懂吧。」

「好的，我會這樣理解。」

大概是被達也的話題吸引，深雪不知何時起就不再移開視線。

達也朝著專心注視他的深雪點頭，繼續說明。

「接下來不是一般論點，是關於這次任務的話題。我在座間『看到』過這次的目標顧傑。雖然後來沒獲得關於顧傑的情報，但即使沒有新的因果關係，光靠當時的顧傑本人情報，我就可以查出他的藏身處。不過前提是要有足夠的資源。」

「是魔法資源不足嗎？有沒有我能幫忙的地方？」

「不，只要我投入自己擁有的所有資源，好歹能在國內找到具備特殊構造情報的特定個人。

而且不必動用百分之百的資源。將分配在精靈之眼的資源挪用七成，應該就夠了。」

深雪聽完便疑惑地蹙起眉頭。但她不到五秒，就一臉恍然大悟地睜大雙眼。

「難道說，是因為您將一部分的超知覺資源用來保護我嗎？」

達也面有難色地點頭。

「我總是將精靈之眼的一半資源用在妳身上。」

無論距離多遠，達也的魔法都能排除深雪面臨的威脅。

之所以做得到這種事，無疑是因為達也隨時「看」著深雪。

這裡說的「隨時」，千真萬確的是全天候二十四小時的意思。雖然即使是達也，也無法在睡眠時使用魔法，但他熟睡時也在潛意識領域守護著深雪。無論睡得多熟，達也都有自信在深雪面臨危機時立刻清醒。不，這不是有沒有自信的問題，是百分之百確實會啟動的系統。

但也因為這樣，原本做得到的事情可能會因為資源不足而做不到。現在正是這種狀況。

「哥哥，請立刻釋放用在我身上的資源！我就在這裡，現在不需要用精靈之眼看著我！」

從深雪的個性來看，她會這麼說是理所當然的吧。達也因為她而無法完成任務。即使當事人不是深雪，也鐵定會有相同主張。

「這我做不到。」

但達也搖頭拒絕。

「為什麼？這裡沒有敵人。這個房間是被厚厚牆壁圍繞的地下室，原本就很難從外部以魔法干涉。假設受到魔法攻擊，為了實驗而設置的大量感應器也能立刻偵測到。我認為哥哥比我更清楚這點才對。」

「理論上是這樣沒錯。」

深雪以浮現好幾個問號的雙眼，注視著看起來有點不好意思——有點害臊的達也，等待後續的回答。

「雖然是這樣沒錯……不過基於我『情感上』的問題，我做不到。」

深雪停止呼吸。浮現在她眼中的問號全部變成驚嘆號。

「深雪，把『眼睛』從妳身上移開，我會不安。即使只有百分之一秒，要是我將『眼睛』從妳身上移開，而妳在我沒『看著』時有什麼三長兩短……想到這裡我就差點無法自制。」

「哥哥……」

深雪竭力吸氣，好不容易才說出這兩個字。

達也唯一殘留的真正情感，是對深雪這個妹妹的愛情。深雪也有從母親口中得知這件事。

不過，這是深雪第一次聽達也親口說自己如此強烈，幾近瘋狂般地愛著她。

「我的理性知道即使移開『眼睛』，只要妳在我身旁，發生任何事情我都會立刻察覺。而且現在的妳沒那麼弱，就算只是移開目光一秒左右，妳也不會因而受傷。現在已經和沖繩那時候不一樣了。我也知道這一點。」

達也從深雪身上移開目光，略為自嘲地嘆氣。

「但即使理性上能夠接受，感性上也不願接受。要是放任顧傑不管，類似今天的事還會再度發生。我知道以結果來說，這樣會增加妳遭受暴力威脅的風險。要打破這個僵局，就應該將精靈之眼的能力集中在顧傑身上。我明明理解這一點，但這裡……自己的情感卻成為阻礙。」

達也以右手拇指指向自己的心臟，洩氣地搖了搖頭。

「我覺得自己第一次體認到，情感是如此棘手的東西。」

深雪跑向達也，從外側包覆住他的右手。

「我……有什麼能做的事情嗎？」

達也和深雪目光相對。

達也的雙眼注視深雪的雙眼。

「有。深雪，幫我吧。」

「好的，請儘管吩咐！」

雖然只是暫時，但深雪在這時候完全忘記了羞恥心。

而大概是多心了吧，反倒是達也看起來有點害羞。

「我自問為什麼我的『眼』無法從妳身上移開，得到了一個答案。」

在深雪視線的催促之下，達也壓抑難為情的內心，說出結論。

「大概是因為，我害怕無法實際感受到妳平安無事。」

「……可是哥哥，我就在這裡。」

明明看得到深雪就在面前，卻沒有實感。深雪無法理解達也這番話。

「肉眼看得見的只有光與影。」

但這也在所難免。達也用「眼」看著什麼，只有達也本人知道。

「如果是平常就只以肉眼觀看的事物，即使只有光與影，我也不會感到不安。但我總是以另一雙『眼』看著妳。」

達也的超知覺能夠讀取的情報，遠勝過以五官取得的訊號。達也總是以這個超知覺「精靈之眼」看著深雪。對於達也來說，深雪擁有的實體遠比其他只能以五官捕捉的人、物體與風景來得濃密又紮實。

或許，在達也心目中，深雪以外的人即使不到洞窟牆上人影的程度，也只是沒有厚度的彩色影像。

「只以肉眼觀看，無法實際感受到妳平安無事。而這點正妨礙我釋放資源。」

達也伸出左手，輕輕放在深雪按在他右手上的手。

「所以深雪，讓我安心吧。」

被達也視線纏身的深雪，沒意識到自己已經點頭回應。

達也就這麼穿著泳裝，盤腿坐在實驗室正中央。不是蓮花坐或半蓮花坐，單純是放鬆身體的盤坐。

不對，形容為「單純」或許不妥。因為只穿著縫上許多蕾絲的胸罩及短褲的深雪，正背靠達也坐在他盤起的腿上。

達也手臂從左右兩側環抱深雪身體，右手握著深雪左手、左手握著深雪右手。這樣的姿勢如同在宣言「絕對不會放妳走」。

繃緊身體低著頭的深雪，不只是臉蛋，而是全身肌膚都微微泛紅，真的是連趾尖都不例外。之所以不是「如同熟透番茄般鮮紅」，大概是因為興奮與緊張兩種情緒正維持絕妙的平衡吧——不過這怎麼看都有害健康就是了。

「深雪。」

達也在深雪耳際輕呼她的名字。吐氣的溫度搔弄耳垂。

「再放鬆一點。」

深雪違背達也的話，被他握著的手加強了力道。

「我……我做不到……！」

深雪如哀號般低語。之所以沒有放聲哀號，是因為呼吸不順，無法大喊。

相繫的手好大，真的是男生的手。

環抱身體的手臂結實又強壯。

和達也胸膛緊貼的背，傳來哥哥暨未婚夫的體溫。

劇烈的心跳不知道是來自達也還是自己。深雪已經無法區別了。

「妳體溫稍微上升了。冷靜下來。」

深雪害羞到快要死掉了。雖然希望至少可以用雙手摀住臉，但右手與左手都被握著，連這種事都無法如願。唯一的慰藉就是深雪背對達也，所以達也看不見她的臉。

不過，深雪絕對沒感到抗拒。達也像這樣緊抱自己，她反而很高興。

所以才更加難為情。

——這並不是在做什麼色色的事情——

深雪拚命這樣告誡自己。她無疑是溫室裡的花朵，不過升上高二的她也和普通人一樣——或許稍微缺乏一點，總之她多少擁有那方面的知識。

以只穿內衣的不檢點模樣，和異性親密接觸。雖然構圖完全是限制級，卻也僅止於此。只是被異性從身後緊抱而已。

達也的手和深雪的手相繫。

深雪的手和達也的手相繫。

達也與深雪之間，甚至沒進行愛撫之類的行徑。

即使如此——

（感覺身心好像要一起融化了……）

明明完全無法思考，卻也不會昏迷。

達也的細語鑽進這樣的深雪耳中。

「妳肌膚的柔軟，妳身體的溫度，我閉上雙眼也感覺得到。妳確實在我的懷裡。」

「此時此刻，我就在這裡。我就在這個地方，接受哥哥的保護。」

還沒思考，這句回應就從雙唇溢出。

「所以，哥哥……」

「您無須擔心任何事。」

「請自由做您想做的事。」

「請任憑哥哥的意思，使用所有的能力。」

這或許是一種出神狀態。

性質等同於巫女通靈之後傳達的神諭。

深雪這番話，扣下達也「能力」的扳機。

固定在深雪身上的資源回復自由。

達也的「視線」穿梭在情報大海，尋求答案。

循著因果系統樹直馳而下，在一瞬間進行無數次的摸索——

他終於捕捉到敵人的身影。

◇◇◇

箱根恐怖攻擊的主謀，操縱屍體的前大漢出身無國籍古式魔法師顧傑，突然暴露在銳利如針的視線之下，因而被拖出夢鄉。

不知道對方是從哪裡看著自己。不是從這個房間之內，也不是從這個房間之外。那不在這個世界的任何地方，簡直是從另一個世界投過來的視線。

顧傑還沒確認到視線的真實身分，就先布陣隔絕咒法。他不是以步罡踏斗實際踩出北斗七星步，而是在崑崙方院改良過，可省略過程直接得到結果的對抗魔法。但這個術式是用來阻止ＳＢ入侵，對現代魔法的防禦效果有限。對方繼視線之後應該會發動攻擊，不知道能以這個魔法反彈到何種程度。

顧傑擺出架勢準備對抗的下一瞬間，如子彈般單點集中的想子壓力，破壞了他的防禦陣。

他連忙建構新的防禦術式。

接著就這麼暫時屏息以待。

沒有第二波攻擊。

視線的氣息消失了。

顧傑輕輕吐氣，然後確認自己受到何種傷害。全身都沒有痛楚，不過在不造成任何知覺下就逐漸剝奪生命的魔法，比比皆是。

只是說來神奇，熟悉這種咒殺技術的顧傑再怎麼調查，都沒發現任何部位被剛才的攻擊打傷。也沒有遲效性或條件發動型魔法上身的徵兆。

不知道對方做了什麼事，讓顧傑覺得心裡毛毛的，但這種事晚點再思考。這個地方肯定被某人以某種方式查到了。顧傑決定立刻轉移陣地。

◇　◇　◇

達也身體噴發強烈的魔法氣息，使得深雪恢復理智。雖然差點再度成為羞恥心的俘虜，但達也在這之前就移開雙手，鬆開手臂釋放深雪。

深雪一邊注意別讓達也不舒服，一邊從他身上迅速起身。

背部感覺到達也跟著起身的氣息，讓深雪反射性地繃緊身體。但是達也沒有給她預料之中，或者說期待之中的擁抱，而是無聲無息經過深雪身旁。

達也在房門前停下腳步，頭也不回就朝著注視他背影的深雪說：

「深雪，謝謝妳。」

深雪整個人顫抖了一下。並不是因為寒冷。

「深雪有幫上哥哥的忙嗎？」

深雪問。她的聲音因為喜悅而沙啞。

「嗯，當然。」

達也依然沒有回頭地如此回應，微微一笑。

「詳情等妳穿上衣服再說吧。」

深雪滿臉通紅，雙手環抱身體，按著胸口蹲下。

達也就這麼背對著她，離開實驗室。

時間還不到五點，卻沒心情睡回籠覺。雖然稍微冒汗，但深雪決定聽達也說完再淋浴，所以她不是換上制服，而是換上居家服。

她來到飯廳一看，身穿運動服的達也已經坐在桌旁等待。

「深雪大人，早安。」

「水波早安。」

不只是達也，身穿侍女服全副武裝的水波也在場，大概是她的專業意識使然吧。

「請問喝茶可以嗎？」

「好的，謝謝。」

深雪坐在達也正對面，水波端上一杯熱騰騰的煎茶。清爽的滋味使得意識完全清醒。

「水波，這樣就好，休息一下吧。」

「遵命，達也大人。」

水波行禮之後離開飯廳。她之所以沒有抵抗，是因為理解到達也這番話不是在關心她，而是要談某些不能讓她聽到的事情。

達也目送水波完全離開飯廳之後，轉頭面向深雪。

「深雪。」

「是，哥哥。」

深雪原本就打直的背脊變得更挺。聽到達也對她說話，剛才肌膚直接相觸的溫度，就在她的意識中鮮明甦醒。除了害羞，緊張情緒更是束縛深雪的身體與舌頭。

「剛才很抱歉。」

不過，達也關心深雪的這雙視線，使得深雪的緊張立刻融化消失。

「……能夠幫上哥哥的忙，不對，能夠免於拖累哥哥，深雪好開心。」

深雪就這麼注視達也的雙眼，微微搖頭，露出嬌滴滴的微笑。

「不提這個，哥哥，狀況如何？」

然後，她將話題引導到任務上，省去達也繼續辯解的工夫。

達也沒白費深雪的這份貼心。

「確實捕捉到了。」

「那麼，已經做個了斷了嗎？」

雖然深雪本人並沒有意識到，但她也不太將殺人視為禁忌。不，應該說她不把達也殺人視為禁忌。

如果達也下殺手，代表對方無疑是該死的人。

她在不知不覺之間，被這種扭曲的思考附身了。

「不，我沒除掉對方。」

對於達也來說，只要捕捉到對象的存在情報，物理距離就完全不影響他出手。無論是不是生物，達也都能將對方化為塵埃消除，即使是人類也不例外。達也正確理解到深雪所說「了斷」的意思，搖頭回應她的詢問。

「方便請教理由嗎？」

深雪這個問題不是在批判達也的判斷，純粹只是因為感到疑問。她不知道為何要對顧傑手下留情。

「這次任務的目的不是收拾敵人，是要讓世間知道恐怖攻擊事件已經解決。」

達也間接回答這個問題，不過對於深雪來說，光是這樣的回答就夠了。

「要是在不為人知的情況下除掉幕後黑手，就不可能達成任務。是這個意思嗎？」

「沒錯。姨母大人說過不問生死，但是能夠活捉當然最好。即使要殺掉，也必須展現我們將對方逼入絕境的樣子，還得留下屍體。」

「也就是說，解決這個事件的時候，必須讓世間知道恐怖攻擊的幕後黑手是誰吧？」

達也點頭回應深雪這番話。

被達也認同是正確答案，深雪似乎很開心，但她忽然恍然大悟地睜大雙眼。

「既然這樣，您現在應該沒空在這裡對我解釋吧？好不容易查出對方的藏身處，應該立刻前往逮捕才對吧？」

達也朝慌張的深雪露出從容的微笑。

「放心。我剛才留下印記了。」

「印記……嗎？」

「嗯。用的是我解決周公瑾時學到的方法。」

達也在京都追蹤周公瑾時沒能獨力破解遁甲術。之所以沒讓周公瑾逃走，是因為之前和周公瑾對決敗北的名倉注入的血液，正確來說是名倉留在血液裡的「念」暴露了周公瑾的行蹤。

達也沒有發射自己血液的技術。但他研發出新的魔法技術，不是發射血液，而是以應付寄生物時學會製作的高耐久性想子塊當成微粒子彈射中對方，成為可以追蹤數天的訊號彈。只要以這個魔法掌握地理座標接近到對方身旁，再來就能以八雲傳授的操縱「意氣」技術，讓遁甲術完全失效。

「之前在座間沒這個餘力，但剛才我確實命中了。今後不用再投入大量資源，我也能查到顧傑的下落。」

因此達也如此宣布。

捕捉到了。

深雪對這句話深信不疑。

◇　◇　◇

達也一如往常前往九重寺修行，當然不是因為從容或自滿。

如同他對深雪的說明，這次的任務並不是只要逮捕或殺掉主謀就好。組織搜索隊是必備程序。這個時段要聯絡相關人員還太早。

在適合動身的時間來臨之前，達也一如往常在八雲的寺廟鍛鍊。

不過，和往常相同的對打練習結束之後，有一段和往常不太相同的對話。

「達也，任務那邊怎麼樣？」

八雲坐在主殿階梯，一邊喝著徒弟端來的茶，一邊以閒話家常的語氣詢問。

「不甚理想。」

其實這是直到昨天的狀況，但達也省略這段補充，如此回答。

「你雖然這麼說，但看起來不太著急啊。」

八雲不是抱持疑惑，而是打趣地這麼問。

「因為這終究是別人家的事。」

其實這是直到前天的狀況，但達也這次也省略。在反魔法主義者襲擊深雪的那一刻起，逮捕並消滅禍首顧傑，就成為達也的「工作」了。

「別人家的事啊……但你似乎相當投入呢。」

「因為是任務。現在還無法抗命。」

達也無視於八雲看似知道內幕的笑嘻嘻表情反問。

「不過，師父居然會關心我的任務，真是難得。」

「沒什麼好難得的。比方說『吸血鬼事件』的時候，或是『寄生物事件』的時候，其實我至今在各方面都有幫過你不是嗎？」

「換句話說，這次師父也基於某些隱情不能坐視嗎？」

「說來可恨，但是就算出家，也不代表完全擺脫世間的枷鎖喔。」

八雲漫不在乎地回答，但至少達也無法從他的表情看出足以形容為「可恨」的不悅感。

「那麼，可以請師父協助搜索恐怖攻擊的幕後黑手，前大漢的古式魔法師顧傑嗎？」

感覺就這樣被哄騙也不太舒暢，達也便厚臉皮地試著請求協助。這個要求是以遭受拒絕為前提，達也的目的是在這之後挖苦八雲。

「好啊。」

所以八雲二話不說答應時，達也一時之間無法反應。

「怎麼啦？看你好像嚇一跳。」

這時候頂嘴就輸了。達也再怎麼說還是明白這一點，決定乖乖舉白旗——但他無論如何都鐵定吞敗。

「我嚇了一跳。因為我沒想到師父會二話不說就接受我的請求。」

「這始終是協助喔。只是稍微幫個忙。」

八雲老樣子掛著漫不在乎的微笑，達也無法看透他真正的想法。

「那麼，我再想想要請師父幫什麼忙。」

「沒問題。我會在允許的範圍內提供助力。啊，不過可別再叫我教你術法喔。」

「我知道的。」

這時候的達也還不知道，其實是他被引導口頭答應八雲介入這個事件。

◇　◇　◇

達也修行完畢返家之後，一如往常地換上制服前往學校。

他並不是忘記學校從今天停課到週末。深雪與水波昨天接受警方偵訊之後就直接回家，所以私人物品還留在學校，必須去拿回來。

現在和一百年前不同，上下學不需要帶課本或筆記本。但是上體育課、實習課或參加社團活動時需要換裝。

如果不計較，學校也有提供便宜的送洗服務，但女學生即使會把制服交給業者清洗，也沒人連內衣一起送洗。

除此之外，女生尤其會隨身攜帶各種物品，因此雙手空空通學的幾乎都是男生，女生或多或少都會帶一些私人物品到學校。

校門因為停課而關閉，但是達也順利完成入內手續。畢竟他確實穿著制服，也攜帶學生證，又有正當的理由，當然進得去。來到學校的途中也沒被襲擊或受到示威抗議妨礙。這麼一來應該可以早早返家。達也、深雪與水波都這麼認為。

這個預料本身沒錯。但校內有個出乎預料的人物。

「司波同學！」

「一条同學？」

將輝獨自坐在二年A班教室的座位上。

「……在用功嗎？」

深雪不由得問這個看了就知道的問題，是因為將輝孤伶伶地在停課的教室開啟線上課程終端機的身影令人過於意外。

「嗯，是啊。」

將輝也自覺現在這副模樣很奇妙，苦笑回應深雪的詢問。

「因為三高今天也要上課……」

「哎呀……」

雖然有露出驚訝的樣子，但是不論原本就知道的達也，深雪也能理解這段解釋。將輝是要在第一高中上第三高中的課，才擁有這裡的座位。不是擁有「學籍」，而是「座位」。是否停課當然也是按照第三高中的基準。

深雪的驚訝……應該說附和，引得將輝露出苦笑。

「三高好像也會從明天開始停課，所以我今天想在中午之前結束。」

既然這樣，今天也休假不就好了？這句話來到達也喉頭待命，但他最後沒說出口。

就在這個時候，將輝使用的終端機響起警告聲。將輝露出「糟糕」的表情，將視線移回終端機。深雪也為了避免吵到他，而放輕腳步前往教室後方的置物櫃，靜靜取出私人物品。她繞到將輝斜前方行禮致意之後，和達也一起悄悄離開教室。

◇ ◇ ◇

從第一高中回家的路上也沒有遭遇任何麻煩事。與其說覺得發毛，達也更覺得掃興，不過即使是「改革人士」，好歹也知道連續兩天在相同地點鬧事不太妙吧。達也決定當成這些人多少有這樣的「良知」。

因為這樣可以專心進行原本的搜索行動，所以達也沒道理抱持不滿。達也根據將輝要到下午才有空的情報，安排追蹤顧傑的計畫。

『達也學弟，你掌握到主謀的下落了吧？』

「是的。剛才老家通知我了。」

『這樣啊……』

達也說的謊，使得視訊畫面裡的真由美露出著急表情。大概是因為事件發生在七草家地盤，卻被四葉家領先，而覺得丟臉吧。

其實四葉家那邊也沒什麼進展，但達也當然沒提到這件事。

「箱根恐怖攻擊事件的幕後黑手顧傑，現在躲在平塚市。」

『咦，平塚？』

「敵方從一開始就沒什麼動作，只有小範圍移動。我們認定犯下大案的罪犯肯定是狡兔三窟，結果被反將一軍。」

『這樣啊……』

真由美臉上浮現的焦躁，是針對她自己、她的父親，以及哥哥。

哥哥智一指揮的七草家搜索隊，現在是從江東地區往成田方向撒網。他們依照搜查結果，判斷目標不太可能躲在箱根、伊豆與三浦半島方面。

然而嫌犯卻躲在搜索完畢的區域。這僅僅代表搜查網不夠縝密。七草家號稱在十師族和四葉家一樣優秀，但真由美如今無法相信這種評價。

「七草學姊，我可以說下去嗎？」

『對不起，什麼事？』

用不著解讀真由美的心，從表情就看得出她正受到無力感的折磨。

但達也不是安慰她，而是以應該處理的課題拉回她的注意力。

「我認為應該立刻出動逮捕，以免他有時間準備逃亡。但是箱根恐怖攻擊案件只由我們解決並非好事，也應該顧慮警方的尊嚴。」

『也對。大規模炸彈恐怖攻擊就發生在首都附近，而逮捕凶手也攸關警察的威信。如果只由我們民間魔法師破案，我們和警方之間可能會留下心結……』

即使抓到顧傑，要是因而和警方關係惡化，整體來看是得不償失。

七草家也有積極和魔法師以外的組織建立關係，因此真由美立刻明白達也的意思。

「所以七草學姊，可以動員警察逮捕顧傑嗎？」

畫面裡的真由美聽到達也的委託，皺起了眉頭。

『要用什麼名義逮捕他？我想你應該知道，光是四葉家斷定顧傑是凶手，也沒辦法申請逮捕令喔。』

達也面不改色地同意真由美的指摘。

「我知道。若要以正規程序讓警方出動，我不會刻意勞煩學姊。正因為物證不足以讓司法機構接受，我才希望在關東和警方關係良好的七草家動員警力。」

真由美知道達也明顯在挑釁，卻沒藏起不悅的表情。

『我會問問看……不過老實說，我認為你那位女性友人對警方的影響力更強喔。』

即使如此，真由美也沒有貿然鬥嘴開支票，甚至展現老神在在的一面，意有所指地將艾莉卡形容為「女性友人」來捉弄達也。

只不過，對達也展現這種表面上的從容完全沒用。

「說得也是。如果學姊不在意我找千葉家，那我跟艾莉卡談談吧。」

這種情況下，主要會損及的是七草家的面子。

『拜託不要！』

如果真由美獨斷接受千葉家介入，可不只是被自家人批判這麼簡單。她會高聲制止也是理所當然。

「就算學姊這麼說，但我打算今晚就下手。」

『知道了！我會在傍晚之前安排好！所以不要這樣整我啦！』

「拜託學姊了。」

達也沒對真由美「不要整我」這句話提出異議。

達也聯絡真由美之後，也以視訊電話和克人、將輝談妥，思考能否在預定出發的時間稍做休息的時候，告知訪客上門的鈴聲響起。

來訪的是文彌與亞夜子。

「亞夜子、文彌，歡迎你們。但你們今天不是要上學嗎？」

深雪剛好在挑選也能當成外出服的保守服裝。她來到客廳迎接兩人時，如此詢問。

時間還不到下午四點。每所魔法科高中的上課時間都一樣，除了課外教學，週一到週五都要上課到下午三點二十分，即使從第四高中直接來這個家，也不應該在這個時間抵達。兩人（不只是文彌，亞夜子也是）都穿著這個年代平均標準的低調外出服。看他們雙手空空，應該是先到飯店登記入住之後才過來的。既然深雪不知道隱情，當然會問兩人為何沒上學。

「深雪姊姊，打擾了。四高也從今天開始停課。」

「是嗎？但我聽說三高今天也要上課啊。」

文彌回答達也這個問題。

「二高與四高跟從一高的決定，從今天開始停課。聽說另外五校也從明天起配合辦理。」

「事情鬧得真大啊。」

達也事不關己般地低語，不過停課原因在於昨天他自己也是當事人的那個事件。他原本不應該以局外人的態度評論。場中沒人點出這件事，不知道究竟是好是壞。

深雪是第一高中學生會長，本來應該會知道這個情報，但是昨天回報校方的任務完全交給泉美負責，所以她沒收到消息。「看來得補償一下泉美才行……」深雪在心中低語——泉美要是知道這件事，肯定樂壞了。

達也絲毫沒想起泉美，而是看向眼前的兩人。

「所以，可以問你們為什麼特地過來嗎？」

坐在達也正對面的雙胞胎姊弟以眼神溝通，決定由誰回答——他們並不是相互推託。

「達也哥哥情報中所說的那名古式魔法師，我們已經找到屍體了。近江圓磨是別名『傀儡師』的古式魔法師，擅長術式是將精靈依附在屍體操縱的大陸流SB魔法。他和這次的目標顧傑是不同類型的屍體操作術士。」

「不是直接操縱屍體，而是以SB依附之後操縱……和我知道的顧傑魔法不一樣。所以他們不是師出同門？」

達也問完，文彌沒花時間思考就點頭回應。

「近江是大約一百五十年前從大陸歸化的道士後代。比大漢或大亞聯盟的方術士更忠實傳承傳統的法術這點，似乎是他們私下的自豪之處。」

「在魔法正式見光之前就歸化的魔法師後裔嗎……」

即使自認是傳統魔法的繼承人，在幾百年前就在這個國家生根的古式魔法師眼中依然是菜鳥，不難想像他們待得多麼不自在。名字取得莫名老氣，或許反映出家長想融入日本術士圈的意願。不過當事人似乎往反方向發展了。

「他和陰陽師系的古式魔法師尤其交惡的樣子。」

「因此顧傑得以乘虛而入。」

「恐怕就是如此。」

「即使有同情的餘地，也無法將他的行為正當化。但我也不想同情就是了。」

達也輕聲說完，再度詢問。

「其他協助者的相關情報呢？」

「分析近江遺體殘留的意念之後，得知顧傑又取得兩具屍體了……對不起，沒能查出屍體的真實身分。」

「既然黑羽與津久葉都查不出來，那很可能是相當高階的魔法師。」

「吉見小姐與夕歌表姊的意見也和達也哥哥一樣。」

完全成為屍體之後的狀態下，魔法師和普通人沒有兩樣。魔法形式的調查不會只對魔法師的屍體失效。但是以魔法操縱的屍體如果殘留生前的能力，知覺系魔法的追蹤很可能不管用。

昔日在顧傑旗下的無頭龍，可以將魔法師大腦加工為特定魔法的發動輔助工具「魔法增幅器」。沒有根據能斷定顧傑做不到相同的事。

之前在鎌倉，顧傑也曾經想繼續利用改造成施法器的魔法師屍體。如果無法利用屍體生前的能力，就沒必要這麼做。讓施法器在死亡的同時以自爆波及敵人，比較有效率。

就算這樣，屍體能使用生前的能力，究竟是基於什麼道理？達也心想。

魔法是精神之力。這是普遍的論點，完全沒有根據能夠否定。

然而同時，「精神」是什麼？這個基本的問題至今還沒有得出解答。現在的說法都是推測或假設之類。

這些假設也是五花八門，有的幾乎成為定論，有的依然眾說紛紜。比方說，關於「精神是以什麼東西組成」這個問題，「由靈子組成」這個答案比較廣受支持。反觀「精神位於何處」這個主題，則有「存在於精神次元」、「實際存在於這個世界的某處」、「隨時流動，不在固定的位置」等各種說法，而且每種假設都有一定的支持者。

如果屍體能夠利用魔法——利用精神之力，那麼生命就不是精神存在的必要條件。不，再說「生」與「死」本質上的差異究竟為何？

確定死亡之後就無法復生。達也直觀地明白這個道理。不是直覺，是直觀。他的固有魔法「重組」告訴他這個道理。這無疑代表生與死之間有一條明確的界線。

但既然屍體能使用「魔法」這種精神之力，那麼意志、記憶或情緒這種精神產物，也能從屍體提取吧？理論上，屍體也可能具備和生前相同的人格吧？那麼死者與生者又是哪裡不同……

「哥哥？」「達也先生？」「達也哥哥？」

「喔，抱歉。」

走偏的思緒被深雪、亞夜子與文彌的聲音拉回來。看來達也沉思了好一段時間。

「不，打擾哥哥想事情，我才應該道歉。」

「免了。不提這個……」

達也在和深雪展開道歉大戰之前，就改變話題。

「現在回到最一開始的問題，你們怎麼來了？雖然通訊可能被竊聽，但你們的目的應該不只是送調查結果過來吧？」

達也同時注視文彌與亞夜子。

「是要來在我外出的時候，幫忙保護深雪嗎？」

文彌與亞夜子轉頭相視，然後亞夜子嘆了口氣。

「達也先生，我認為過於通情達理也不太好。」

她說的「過於通情達理」，並不是指辭典上「過於理解對方的立場與感受」所衍生出的「好好先生」。而是在抗議達也不要「看透一切」。

「由於我們應該避免和十文字家或七草家共同行動，所以沒加入這次的作戰。父親與夕歌表姊也一樣。」

確實，這次的作戰並不是一定要亮出其他十師族沒有的底牌也要成功，也就是動用黑羽與津久葉的高階精神干涉系魔法。以四葉家的立場，光是達也參與作戰，就能盡到義務。

「反正學校也停課到週末，所以我們就報名保護深雪姊姊。雖說是報名當護衛，但深雪姊姊比我們強上很多就是了。」

「就是這樣，所以到週日都請多多指教了。」

文彌與亞夜子低頭致意，達也苦笑點頭。

「別這麼說，既然你們來陪深雪，我也能放心了。你們要在飯店住到週末？」

「是的，不過可以讓我們輪流住這裡嗎？而且我們不需要寢室。」

文彌的意思就是要在這個家值夜看門。不過以擔任護衛來說，他的說法並不奇怪。

「你們如果不介意同房，就退掉飯店房間，住我們家吧。」

以前的客房已經是水波的房間了，但母親在世時用為父母寢室的房間，現在實質上沒人用。雙人床還留在房內，所以用來睡覺也不成問題。即使父親龍郎心血來潮回家，也只要把他趕到後妻住的公寓就好。因為達也的立場已經比龍郎強勢了。

「……姊姊，妳想怎麼辦？」

無論是基於任務還是私情，住在這個家都比較合文彌的意。亞夜子也一樣。不過文彌依然徵詢亞夜子的意見，是因為他認為姊姊可能會抗拒「同房就寢」。

文彌的擔憂大致正確，亞夜子微微板起臉。雖說是雙胞胎，但是這個年紀的女孩，還是不太願意和異性同房吧。

深雪察覺亞夜子的內心糾葛，想提議亞夜子睡她房間。但亞夜子早一步開口回應。

「恭敬不如從命吧。達也先生、深雪姊姊、水波，請多指教。」

「我們才要請你們多指教。水波，可以幫忙整理他們要住的房間嗎？」

「遵命。」

現在要打掃加整理床鋪，時間上有點晚。

但水波絲毫沒露出半點抗拒表情，以話語和鞠躬回應達也的指示。

「那我們去飯店拿行李過來。」

亞夜子說完，和文彌一同起身。

「我也要出門了。今天很可能不會回來。深雪，之後就拜託妳了。」

「是，哥哥。」

「達也先生，祝您武運昌隆。」

達也與深雪也隨後起身。

「我打算在明天早上之前解決。」

達也如此回應亞夜子的激勵。

〔13〕

顧傑躲藏在平塚市區。以克人為首的顧傑逮捕隊，將人數精簡並且祕密布署於此。這麼做是為了不讓目標察覺包圍網，也是避免造成居民不安。

但是敵方已經察覺他們的行動。察覺的不是顧傑，是支援他「逃亡」的勢力。

「少校閣下。經過確認，十文字克人率領的魔法師與警察聯合部隊，已經派人布署到平塚市內。看來日本魔法師也查到黑顧的藏身處了。」

「還帶警察過來嗎？看來日方想逮捕黑顧。」

USNA軍統合參謀總部直屬魔法師部隊STARS第一隊隊長，公認僅次於總隊長安吉・希利鄔斯的STARS第二把交椅——班哲明・卡諾普斯少校，在偽裝成聯結車的行動基地聆聽部下報告，做出不曉得是否為自言自語的回應。

回報的不是原本的部下——STARS第一隊的隊員。USNA軍在這次的作戰中，沒有投入卡諾普斯以外的STARS正規成員。協助恐怖分子逃亡（正確來是說是妨礙日方逮捕）並且暗殺。本次作戰極度不合法，因此對於避免留下相關證據的重視度，更勝於去年處決逃兵的作戰。

之前在座間，由於事發現場剛好位於共同基地旁邊，因此可以動用正規士兵，但很遺憾地在這裡行不通。這次卡諾普斯率領的部下是軍方情報部底下的幕後破壞小組，是以擁有東亞容貌的人員組成。

他們的性質比較接近STARDUST。和沒能成為繁星的星塵一樣，都是透過藥物以壽命換得能力強化的免洗士兵。

魔法師與非魔法師各占一半，沒有魔法技能的成員之中，也不只有接受生化學方面強化措施的人，也有接受機械方面強化措施的人。雖然性能比不上娛樂特攝節目裡將全身改裝成機械的生化人，但是混入市民裡做暗中破壞的能力不輸魔法師。

這群戰鬥員沒有守法精神與道德觀念，不遵守正常規律，是群難以使喚的人，不過卡諾普斯誇示自己的實力之後，便完全掌控了他們。

「依照模擬的作戰內容，阻止日方逮捕黑顧。」

卡諾普斯朝著待命的臨時部下們，下達簡潔的指令。

透過日方沒有的技術，卡諾普斯的部隊一直掌握著紀德·黑顧──顧傑的行蹤。顧傑藏身處周邊的狀況以及預料得到的逃亡路線，也已經清查完畢。對於他們來說，這裡是外國的不利要素並不存在，主場與客場的優勢與劣勢反而互換了。

非法特工集團依照卡諾普斯的指示，迅速展開行動。卡諾普斯自己則是前往在公海待命的驅逐艦。

◇　◇　◇

顧傑入境之後，幾乎都是獨自輾轉到各處藏身。雖然會拜託「老友」提供藏身處，不過用來護衛或攪局的手下都是在當地找來的。

交流的人愈多，情報就愈容易洩漏。顧傑將至此接觸的人數壓到最少，要是對方可能扯後腿就立刻收拾掉，藉以躲避日本魔法師的追蹤至今。「歃血盟友」在顧傑心目中的可信度與價值，只有這種程度。

不過，到了終於要逃離日本的這個節骨眼，顧傑也無法只靠自己打理一切了。

首先是出境手段，留著偷渡入境使用的貨船，始終是要用為誘餌。實際上他打算利用無頭龍餘黨擁有的走私船，不過這個計畫遇到意外的難題。

無頭龍是顧傑支援理查德·孫成立的組織，不過二〇九五年夏天，這個組織已在日本與USNA的聯合作戰之下一度毀滅（當時大亞聯盟默認日本與USNA的這項行動）。

後來，組織的餘黨擁立理查德·孫正在就讀加州大學的獨生女為首領，重建組織。問題就在這個叫作孫美鈴的獨生女。她禁止部下和日本敵對，定為組織重建之後的準則。只是走私的話，她會睜隻眼閉隻眼，但若有人進行毒品交易或人口買賣，就會毫不留情肅清。

組織裡不少人對這種向日本放低姿態的做法抱持反感，不過這名年輕女首領短時間內就成功重建這個一度垮台的組織，立下紮實的成果，因此目前包含在觀望的人在內，幾乎所有成員表面上都服從這名首領，使得顧傑遲遲找不到人幫忙。

「黑顧大人，我是杜，方便進去嗎？」

在這樣的狀況下，顧傑在上週找到的斡旋人，就是這名姓杜的人物。顧傑在座間遭受日本魔法師襲擊時，正是這名男性駕駛逃亡用的救護車。此外「黑顧」是顧傑在無頭龍的代號，是他自己命令別人這樣稱呼。

「進來。」

顧傑不信任杜。在座間那時候是因為沒時間才不得已靠他幫忙，但他前來的時機太巧了。而且「喬・杜」這個姓名也是胡鬧。「喬」是「John」的縮寫，在ＵＳＮＡ住過的顧傑當然知道「John Doe」是對於無名屍或不知名嫌犯使用的假名。

「大人，船隻安排好了。」

「這樣啊。」

不過就算可疑，也只能利用他了。顧傑心態上就是陷入此等絕境。

今天凌晨突然投向顧傑的神祕視線，是日本術士用來尋找他的探查魔法。顧傑做出這樣的結論。對方究竟是以何種魔法查出多麼詳細的情報，顧傑完全不得而知，但他認為自己確實被日本魔法師捕捉行蹤，而且這個魔法師恐怕是十師族的某人。

顧傑不得不感到慌張。

自己位於敵陣的正中央。再這樣下去，自己還沒報仇就會被殺。

顧傑決定即使得硬吞些許風險，也要以盡快離開日本為優先。

「立刻出發。」

「我為您帶路。」

行李已經打包完畢。顧傑原本就沒有一般所說的「行李」。必須隨身攜帶的只有錢與咒法具。顧傑自己拿著咒法具，由「前警官」拿著裝有各國紙鈔與電子貨幣的包包，跟在杜的身後。

◇　◇　◇

晚上六點。多雲的冬季天空完全染成黑色。相對的，地面充滿人造的燈光。

在家工作的比例提升，令「衛星都市」這個詞逐漸沒人使用。同時，高速交通網的發達，使得大都市商圈跟一個世紀前相比大幅擴張。例如把「從平塚到澀谷購物」換成一個世紀前的說法，就等同於「到車站前面購物」這種感覺。大都市商圈周邊都市的夜晚，反而比以前來得早。

即使如此，晚上六點依然是行人還很多的時間。這時候在市區開戰還太早。

「顧傑行動了。同行者有三人。」

七草家旗下魔法師報告之後，七草家長子七草智一說句「知道了」點頭回應。

智一是今年二十七歲的男性，外表和父親弘一很像（但是沒戴墨鏡）。魔法力不如小三歲的弟弟孝次郎，不過和真由美的水準不相上下，技術則是勝過弟妹們。他缺乏父親那樣的奸詐狡猾，相對的，經營組織的穩健度則被評為已經超過弘一。他個性正經，也沒有弘一那種惡毒。總歸來說就是「為人能幹卻乏之味」的類型。作為朋友或許缺乏魅力，但卻是可以信賴的工作搭檔。

「十文字先生，要讓我們帶來的警官去臨檢看看嗎？」

真由美沒參加今晚的作戰。七草家在這項任務的負責人是智一，這次最終作戰當然由他指揮七草家，不過除此之外，真由美沒來還有一個內幕，就是智一不願讓妹妹參與危險的任務。這不是因為寵愛妹妹，是不想讓女性犯險。智一的良知確實遠勝過弘一。

只不過，他似乎沒有處理打鬥場面的天分。

「……這樣有點危險吧？」

克人委婉否定智一的提議。

「我不認為對方會乖乖聽警察指示。打安全牌派少數人設局，也只會有人遭到反擊犧牲，最後恐怕會演變成市區戰。」

智一沒有提議一開始就投入己方的所有戰力，是顧慮到這麼做可能在事後被批判是十師族越權。但他似乎沒有深入考量到敵方擁有的戰力可能超過自己這邊的預料，以及在這種情況下的被害程度。

「十文字先生認為一定要避免市區戰對吧？」

「如果等到行人再少一點才行動，我認為強攻也是可行的計策。」

克人承認自己計算錯誤。他認為目標會等到夜更深才行動。

「七草先生，推測敵人正要前往相模川河口附近的漁港，或是再往前的新港。」

「意思是對方想走海路逃走嗎？」

「是的。聽說恐怖攻擊的幕後黑手偷渡入境時也是搭小型貨船。這次或許打算從沿海用的小船轉搭停泊外海的遠洋船。」

「那麼逮捕部隊要不要兵分二路？請一条先生與四葉先生先去新港，十文字先生和我帶著警察去追目標車輛吧。」

克人覺得智一這個計畫平衡不佳。達也沒帶著四葉家的部下。將輝帶來的一条家成員也已經開始封鎖北方的退路。

「我會派手下去協助一条與四葉先生。這麼一來，這裡會只由七草閣下您這邊的人馬負責，不知道您是否介意。」

這對智一來說不是壞事。追蹤組逮捕目標的可能性高於包抄組。如果除了克人以外的所有人都是七草家的自己人，逮捕恐怖分子的功績將會幾乎由七草家獨攬。七草家應將會因此大大挽回顏面。

「……也好，我沒異議。」

「那就這樣行動吧。」

克人取出通訊機，呼叫達也與將輝。

◇◇◇

「日本的魔法師跟蹤過來了。」

前日本警官駕駛車輛後座的顧傑，很快就察覺有車輛尾隨。現在距離目的地不算遠。應該說很近。光是更換路線，應該不可能甩掉跟蹤。

「請不用擔心。」

在顧傑思考是否要派預先準備的死士迎擊時，副駕駛座的杜轉身搭話。

「我早就預料到會有人跟蹤，已經做好防範措施了。」

他剛說完——

他們車輛的後方就冒出熊熊火焰。不是一次，而是接連爆炸。

「看來不是手榴彈……也不是攜帶式飛彈。是連發式榴彈發射器嗎？」

「大人真是觀察入微。不過即使暗算他們，對方也依然以護盾阻絕所有傷害，或許鼎鼎大名的十文字家魔法師也有直接參與這次的追緝。」

「沒甩掉他們。怎麼辦？」

如顧傑所說，毫髮無傷的追蹤車輛加速衝出火海。

「請不用擔憂。」

然而杜沒露出慌張神情。

在單側雙線的道路上，他們的車輛一邊超過被爆炸聲嚇到減速的前方車輛，一邊通過路口。這個區域的道路不受中央系統管制，過剛才的行駛屬於常識範圍，並沒有跳脫出車輛的自動駕駛限制。

反觀追在顧傑座車後方的車輛，則是明顯違反交通法規。前方與對向車輛都因為危險迴避程式，停靠在路肩。

車道淨空，追蹤的車輛繼續加速，想穿越路口。然而在這之前，一輛自用車從側邊無視於紅燈，衝過來擋住去路。

如果是聯結車或大卡車，追蹤的車輛應該也會預先察覺異狀而煞車或閃躲。然而大型自用車卻在路口正中央緊急煞車，關掉大燈及警示燈，化為路障。

緊急煞車發出的哀號也無濟於事，追緝顧傑的車狠狠撞上從側邊衝過來的車輛。

◇　◇　◇

追蹤顧傑座車的克人察覺後方的可疑廂型車時，榴彈已經發射了。

克人的車輛在分成四輛車的追蹤部隊之中殿後，這對整個部隊來說堪稱幸運吧。克人的魔法護壁，不准接連襲擊的榴彈靠近。

「七草先生，現階段無暇顧慮一般市民了。」

克人以通訊機呼叫前方車輛的智一，如此告知。

「後方的可疑車輛由我想辦法，請逮捕顧傑。」

『收到。十文字先生，後方交給您了。』

和智一結束通訊的同時，克人命令駕駛停車。

他這輛車的駕駛是七草家底下的魔法師。不是十文字家的人員，也不是克人的部下。但駕駛一聽到克人的命令，毫不多想就踩煞車。

克人開門下車，站在路上。

剛才在後方進行砲擊的廂型車，也以側邊面向克人停下。

不知道克人是否察覺從車窗伸出的砲口後方沒有人影。

克人右手往前伸。

無聲無光發射過來的榴彈，被架設空中的反物質耐熱護壁擋下，燃燒殆盡。

克人維持伸出右手的姿勢，看向發動攻擊的廂型車。

下一瞬間，廂型車被壓扁了。

從斜上方被壓垮的車頂封鎖車窗，榴彈發射器的砲管也夾在車頂與車門的骨架之中，因而變形。沒有引發爆炸，不知道是因為榴彈已經射光，還是安全裝置優秀。廂型車即使翻倒，也沒有失火。

克人維持連壁方陣發動的狀態使用跳躍魔法，接著降落在廂型車旁邊，確認車內狀況。

車內沒有任何人。

蹙眉注視廂型車的克人背後，從智一等人行進方向傳來的劇烈衝撞聲與破碎聲，撼動了他的耳膜。

克人轉過身來，以移動魔法跳過自己坐的車，跑向出車禍的同行車輛。

智一座車的車頭撞爛了，但車廂看起來可說是完全沒受損。雖然車身的安全設計想必也有所貢獻，但這應該是智一情急之下自保的結果。

說來遺憾，另外兩輛車似乎來不及防護。警察的車輛受損尤其嚴重。這邊反倒是車身的乘客保護設計救了裡面的人，也幸好擋路的車輛體積和這邊的車輛差不多。

「七草先生，您還好嗎？」

克人朝車窗探頭詢問，智一露出自嘲的笑容回應：

「嗯，身體還好，沒受什麼傷。」

喀喳喀喳的急促聲音停止之後，後車門才終於開啟。智一遲遲沒下車，是因為花了一番工夫將電動鎖切換成手動。

「智一先生，方便看看警察那邊的狀況嗎？」

克人看見智一點頭回應之後，便走向擋住己方去路的大型自用車。

成為路障的大型自用車遭到追撞，三輛車一起擋在路口，又被他們從側邊撞上。一輛車被撞翻；一輛車被撞飛得翻轉爆胎之後，底盤直接接觸路面；一輛車的後座被這邊的車頭撞進去，成為一具廢鐵。

克人維持著連壁方陣發動的狀態，看向協助顧傑脫逃的車輛內部。

和廂型車一樣，三輛車上都沒人，也沒有駕駛。

妨礙的車輛是機械自動車。

準備得如此周全，使得克人起疑。

對方組織若是具備此等實力，顧傑應該早就逃離日本了。

「十文字先生。」

智一這聲呼叫，使得克人中斷思緒轉身。

智一就在他身後。

「智一先生，狀況如何？」

克人搶先詢問警官傷勢。

「不是致命傷。我以治療魔法急救了，但還是需要叫救護車。現在沒辦法所有人一起繼續追蹤。畢竟車子也變成這樣。」

智一洩氣地看向報廢的己方車輛。

「請十文字先生去追恐怖分子吧。我會派內陸方向逃跑路線的攔截部隊和您會合。」

七草家這樣安排沒問題嗎？克人差點問出口，卻認為這個問題不識趣而打消念頭。七草家現任當家弘一的背信，一直是克人腦中先入為主的觀念，不過看來是偏見。七草智一是個會確實以國家與日本魔法界的利益為優先的人。

「我想後續應該沒有奇襲了，不過七草先生，請小心。」

「我才要請十文字先生保重。」

克人以魔法移開擋路的敵方機械自動車，確保道路暢通之後，便回去搭車。

◇◇◇

騎機車的達也與將輝，帶著兩輛轎車抵達相模川河口的新港。

兩輛車各載著五名魔法師。以「一夫當關，萬夫莫敵」聞名的十文字家旗下的十名戰鬥魔法師，是非常充足的戰力。

達也與將輝並排停好機車，站在新港入口。受堤防環繞的新港停泊四艘漁船。都是沿岸用的小船。

「是要在外海轉搭嗎？」

「有可能。」

達也規矩地回應將輝自言自語般的這句疑問。

將輝或許因為對此感到意外，而有點不好意思吧。

「司波，知道顧傑的位置嗎？」

他以略為冷漠的語氣詢問達也。

「正朝這裡接近。」

達也沒有好奇到逐一指摘。捉弄男性（同性）沒什麼樂趣可言。

「正如預料嗎……」

派他們來到這裡的克人與智一，推測是正確的。將輝如此判斷，同時差點因為即將開戰而興奮顫抖。

將輝不知道達也以何種方式捕捉到顧傑的所在處，但他不懷疑達也的說法。達也至今展現的實績足以令將輝信任。

而且如果達也說得沒錯，逮捕恐怖攻擊幕後黑手的功績，將會由先行埋伏的將輝（正確來說是將輝與司波達也）拿下。將輝想到這裡就興奮了起來。

「還要多久？」

「快了……不對！」

達也犀利說完，跨上自己的機車。

「顧傑改往西跑了！一条，我們追！」

「收到！」

達也起步沒多久，將輝也猛催油門。由於是前後兩輪驅動，所以前輪不會因為緊急起步而上抬。達也與將輝沿著和海岸線平行的幹線道路往西騎。

一輛車行駛在前方。不用達也告知，將輝也知道顧傑在那輛車上。

他加速想騎到達也身旁。

然而在即將並肩時，達也卻突然雙腿一蹬，跳下機車。

將輝反射性地轉動龍頭，遠離達也的機車。

他緊急煞車，甩尾改變車頭方向。自動平衡機構自動回復機車姿勢，而正如將輝的意圖，達也的機車就位於他的視野正前方。

達也的機車被來自上空的襲擊砍成兩半。

◇　◇　◇

杜違反顧傑的預料，不是前往新港，而是沿著幹線道路往西。

「不是要去港口嗎？」

「敵方應該也這麼認為。要改從其他地方出海。」

看來杜準備了連顧傑都猜不到的手段。顧傑也擔心敵人在港口埋伏，既然能夠迴避這個風險，那他也沒有異議。

「……敵方的反應速度比想像的快。大概有投入相當高明的知覺系魔法師吧。」

切入幹線道路後沒多久，杜就看著後照鏡咂了個嘴（顧傑搭的車是前方兩個座位都能駕駛的類型）。

顧傑轉頭看去。

兩輛機車與兩輛轎車的大燈從後方追過來。

「負責攔截的人呢？」

「大人，非常抱歉，我安排在前面一點的地方。」

顧傑沒有咂嘴表達不悅。他不是在掩飾態度，而是發現這個凡事安排妥當過頭的男性也有疏忽之處，反而鬆了口氣。

「這樣下去會被追上。」

「換我開車，我會想辦法甩掉。」

「不，用不著這麼做。」

顧傑朝著坐在身旁的死士下令。

「去吧，殺光他們。」

後座天窗開啟，死士背著施過法術的刀，手握枴杖刀，衝到車外。

他就這麼襲擊帶頭的機車，在半空中拔出枴杖刀一揮，把機車從中央劈成兩半。

◇◇◇

跳下機車的達也降落在路面。他不只沒跌倒，甚至毫不踉蹌，這大概是因為他有以魔法控制姿勢。他也看著自己一分為二的愛車。正確來說是看著以刀劈斷愛車，違背常理的刺客。

十文字家魔法師搭的車子追過來了。

他們原本想停車參與戰鬥，但達也搶先大喊。

「一条，去追顧傑！你們也請繼續追蹤！」

握著刀（恐怕是刀劍型武裝演算裝置）的敵人，將殺氣朝向將輝。但是這名敵人在展開襲擊之前，就大幅往旁邊跳。一把小刀從上空迅速落下，插在他剛才所站的位置。

這把小刀並非自然落下。是以移動魔法加速的曲線投擲。是達也的攻擊。

「這裡交給我來處理，去吧！」

「拜託你了！」

達也牽制敵人。

將輝與十文字家部隊去追顧傑。

達也停止牽制，改為正式應戰。

他今天的武器是完全思考操作型ＣＡＤ，以及雙手手腕的思考操作對應型銀鐲。

懷裡有一把自動手槍。

腰包有兩把加裝護拳板的刀子。其中一把現在插在路面。

達也以移動魔法將這把刀拉回手中，以左手架刀。空出右手是為了隨時拔槍。

握刀的男性朝達也擺出正眼架勢。沒有刀鍔，大概是楞杖刀吧。

男性面向達也，路燈淡淡的燈光暴露他的面容。

達也對這張臉有印象。

「千葉壽和警部？」

蒼白的臉孔，如同戴著面具般面無表情。但是看他的長相與架勢，確實是艾莉卡的大哥千葉壽和。

「堂堂百家的千葉家長子，為什麼要站在恐怖分子那邊？」

對方沒以話語回答。

他的回應不是話語，而是敵對行動。

壽和的劍招襲擊達也。

最佳化，因而最簡又最快。

爐火純青的劍技，以達也的體術也光是閃躲就沒有餘力。

達也大幅向後跳，拉開距離，想躲避對方的連續招式。

但壽和幾乎緊跟著達也衝過來。

這種攻擊速度，在達也至今交手的對象之中也是最高等級。

然而並不是「前所未見」。不到無法應付的程度。

達也朝著壽和釋放想子流。

消除自我加速魔法的「術式解體」。

壽和的衝刺速度變慢，卻僅止於一瞬間。

壽和的身體充滿想子，以同於術式解體命中之前的速度襲向達也。

不過，達也趁著這一瞬間的延遲，逃離了攻擊間距。

達也原本想再問一次「為什麼站在恐怖分子那邊」，卻察覺這個問題沒有意義。

因為他讀取了壽和的情報體。

（死了？不對……）

壽和貼著柏油路面跳向達也。

達也瞄準他的腿，以局部分解迎擊。

達也使用魔法的瞬間，壽和也在同時踩穩地面，舉刀下劈。

無聲的爆炸。釋放出來的閃光是肉眼無法看見的非物理光輝。

壽和全身釋放著高壓想子。

讓作用在自己身上的魔法無效的魔法——術式解體。

達也藏不住驚訝。但他不是驚訝壽和使用了術式解體。

達也沒聽過千葉家的長子會使用術式解體。應該不只是達也，至今從未有這種傳聞。

但如果只是這樣，就當成千葉家將長子的技能保密就好。

達也再度使用「分解」。目標是腳踝、肩膀與刀身。

壽和的身體三次釋放大量的想子，相對的，他的存在感變得稀薄。

（將存在情報轉換為想子流？）

原本絕對不可能發生的這個事實，使得達也不得不驚愕。挪用存在情報等同於抹滅自己。有意識的生物不可能自己做出這種事。而且紀錄己身存在的情報體，想子量並不足以拿來發動術式解體。

達也將「分解」纏附在刀刃上，接住壽和的刀招。這個魔法是在刀刃的接觸點分解物質，而且無視於材質，看起來就像是以刀子砍斷。

然而壽和的刀卻接得住達也的魔法。

（是將刀定義為單一個體嗎？）

達也魔法發動的領域（也就是刀尖）接觸壽和刀身的瞬間，分解為何沒發揮作用的情報傳入達也意識。

是因為千葉家的祕劍「斬鐵」。這種魔法不把刀當成鋼或鐵製物品，而是定義為「刀」這個單一概念，讓刀沿著以魔法式設定的揮砍路徑移動，屬於移動系統魔法。由於以魔法暫時定義為單一概念，因此找不到可以進一步分解的構造要素。

發動失敗的魔法，原本會因為定義產生破綻而立刻消散，但達也的分解魔法將領域設定為極小，得以維持下去。

一秒。

鋼鐵軋轢。

兩秒。

刀與刀子互抵較力。

三秒。

然後，無聲無息地——

達也的刀子截斷了壽和的刀。

刀身是無數金屬分子的聚合體，主要成分是鐵。將其假扮為「單一個體」的魔法不可能一直維持下去。「斬鐵」原本是瞬間斬開目標的魔法劍技。而壽和的「斬鐵」，比達也的「分解」先失去了效力。

刀身毫無抵抗就被砍斷，使得全力將刀往前壓的壽和身體因而向前。但達也沒機會反擊。壽和刻意衝向達也，將距離拉近到無法以刀子或拳頭攻擊。

達也繞到壽和背後。

壽和揮動長度減半的刀，牽制達也。

達也沒勉強進攻，繼續後退。

面前對手的情報映入他的「眼」。

千葉壽和的存在感更稀薄了。

（難道說，他是將「生命能量」轉換為魔法力？）

達也不知道有這種技術存在。再說，現代科學（包含魔法學）也還沒確定「生命能量」是否存在。

不過這種能量的存在，主要在古式魔法領域中被認為是「毋庸置疑」。達也經常聽八雲提及，寄生物事件那時候，幹比古也以「精氣」這個名稱提到這種能量。他說魔物不是攝取血肉，而是攝取精氣為糧。

如果顧傑擁有將生命能量當成魔法力利用的技術，剛才冒出的各種疑問就能得到解答。

沒有死亡的死者。如同正處於死亡過程的情報體。

如果生者擁有生命能量，死者是失去生命能量的個體，那麼進行「殺害」行為，也就是將生者變成死者時，會產生多餘的生命能量。如果能以屍體當成能量儲存池，將這些多出來的生命能量當成魔法力使用，就可以打造出「已經死亡卻擁有生命」、「在失去生命的同時徹底成為死者」的屍體。

壽和使用了他原本無法使用的術式解體之謎，也能以生命能量的轉換來解釋。存在情報變得稀薄，只要視為「身為生命體的情報」逐漸消失的過程，就可以理解。

不只是屍體，還玩弄生命本身的萬惡魔法。

達也認為魔法沒有神聖或邪惡的區別。這終究是人類使用的「能力」，善惡只依照結果而定。而且這是人類價值觀的判斷，沒有絕對的正義或邪惡。這是他的想法。

但他如今違反自己的宗旨，覺得顧傑的魔法是一種邪惡。不該將人類——將魔法師踐踏到這種程度。施法器和魔力增幅器也引人反感，但是這個魔法令達也抱持無條件的否定與抗拒。

達也確實動怒了。

「千葉壽和！」

達也大喊其實已經死亡的這名劍士姓名。

「你有意識嗎？聽得懂話語嗎？」

壽和沒回應。

他默默扔下刀身剩下一半的刀，拔出背上的太刀。

「千葉壽和！這是你的姓名。代表你是什麼人的姓名！」

目睹這幅光景的達也，依然繼續對壽和喊話。

這行為不像達也的作風。

壽和的刀朝向達也，明確採取敵對行動。以往達也在這時候早已進入反擊階段。即使對方是認識的人又被操縱，要「保護」也是完全剝奪戰力之後的事。這是達也的作風。

然而達也卻在要求實際攻擊他的對手好好溝通。明知對方已經死亡，能夠回應的機率幾乎是零，他依然如此要求。

壽和沒回應達也。或者是無法回應。

相對的，他砍向達也。

達也不是以刀子接住犀利的刀招，而是朝側邊閃躲。

比起剛才的攻防，達也這次比較從容。達也感覺得到壽和的刀路不太順。弧度較大的這把太刀看起來不適合壽和。

千葉家別名「劍之魔法師」。本家的長子不可能隨身攜帶不適合自己的武器。這應該是第三者——幾乎確定是顧傑給他的武器。而且不是柳葉刀這種刀身較寬的大陸刀種，是南北朝之前廣為使用的太刀輪廓，大概是因為這是國內協助者準備的東西。

達也並不熟悉古刀。雖然學習武術時也練過打刀與大太刀，卻幾乎沒學過武器的歷史或美術價值。

即使從這樣的達也看來，壽和手上太刀的形狀也是很奇妙。刀身同樣明顯彎曲，描繪出如同以圓弧鑄模製作而成的曲線。刀柄是金屬製，兩端各有圓角長方形的洞。只看刀柄的話，近似平安後期的「毛拔形太刀」。

達也只能觀察這把太刀至此。只限於壽和站穩身體，再度進攻前的短暫時間。即使達也不只是魔法視力，肉眼視力也很好，但他不是鑑定刀劍的專家，不知道分析刀的重點在哪裡。

達也以刀子擋下水平揮過來的太刀刀尖。雖然這個部位力道最強，但達也利用刀身弧度讓刀子打滑，以被推走的形式脫離壽和的攻擊間距。

達也以閃憶演算發動慣性中和魔法輔助自己後退，同時推測這把太刀是某種魔法工具。那應該不是以現有的太刀改造，而是由顧傑的協助者全新製作的。效果大概是從傷口賦予某種負面狀態吧。

如果能夠「看」得更仔細，應該能分析出刀身發動何種魔法。可惜達也沒這種餘力。

達也朝太刀使用「雲消霧散」。目標不是太刀內建的魔法，而是太刀這個物質本身。他不刻意冒險接觸未發動的魔法，招致出乎意料的副作用。

達也使出魔法的瞬間，壽和將太刀直立於面前。他不是對於達也使用魔法做出反應，這樣來不及。大概是那具身體記得對付魔法師的戰鬥技術吧。

太刀釋放高壓想子，吹走雲消霧散的魔法式。

魔法在其系統性質上，魔法式是暴露在外的。即使是達也的魔法，也無法逃離這個宿命。擅長魔法遭到失效的達也衝到壽和身前。

不知何時，不只是左手，他的右手也握起了加裝護拳板的刀子。

達也左手水平揮出。

刀刃經過想子釋放完畢的太刀根部。

刀身被砍斷，只留下刀鍔。

剛吹走雲消霧散的壽和，無法讓分解魔法失效。設置在他軀體上的對抗魔法，跟不上達也間不容髮連續使用擅長魔法的速度。

刀刃掉在柏油路面。在這之前，達也覆蓋護拳板的右拳就先命中壽和胸口。

肋骨被重擊的壽和仰身摔倒路面。達也的手沒傳來打斷骨頭的觸感，但要是普通人中了這一拳，會昏迷也不奇怪。

壽和的身體在倒地同時向後翻，單腳跪地重整態勢。不過他還沒站起來，看來即使是即將死亡的肉體，依然會受創。

「千葉壽和！」

在這個時候，達也依然做出和他作風不符的行徑。他再度對壽和喊話。

「你不知道這個名字嗎？你已經不知道自己是誰了嗎？」

「死」是「生」的不可逆變化。即使用達也的「重組」，也無法讓死者復活。

然而，生與死的境界在哪裡？

大腦停止運作？心臟停止跳動？代謝停止循環？還是失去靈魂？

在達也的「眼」中，壽和「看起來」已經死亡。

然而同時，壽和也使用著源自精神力的魔法。達也的「眼」確實「看見」他的魔法不是從外部中繼，而是由他自己產生的。

若他沒有完全死亡，或許能以「重組」復活。

即使還沒完全死亡，要是他繼續攻擊，或許會確定一死。

而且現在沒空仔細觀察。顧傑依然在逃亡。

因此達也對壽和喊話。

如果壽和還殘留著自我意識，達也就會避免進行致命攻擊。

如果深雪在場，就不必煩惱這種事。只要暫時凍結就好。達也當然沒對此後悔，深雪的安全無疑優先於千葉壽和的生命。

若以合理性為優先，就不應該煩惱這種事。迅速排除敵人才是正確的應對。何況千葉壽和即使處於這種狀態，也不是達也手下留情能夠應付的對手。

「如果你的意志能夠回答，那就回答我！」

即使如此，達也還是不想殺害壽和。

從哪裡算是「死」？到哪裡算是「生」？達也內心確實有這份求知慾。讓現在的壽和存續下去，或許可以掌握到相關線索。

但即使不提這份求知慾，達也也無法接受魔法師的生命被以這種方式消耗掉。

魔法師曾經是戰爭的道具。

達也也曾經認為自己是道具。

至今奪走許多人命的達也，或許沒資格談論生命的尊嚴。

因為無論以何種方式死亡，以何種方式殺害，死亡就是死亡。

不過，至少……

應該在抵抗之後死去。

應該在掙扎中死去。

應該在恐懼中死去。

應該在放棄中死去。

應該在接受事實之後死去。

應該詛咒著不講理的命運死去。

應該要在毫無察覺的狀況下，如同沉睡般死去。

死亡應該屬於即將死亡的當事人。

即使為了他人而被殺，即使為了他人而死。

連死後都要毫無想法、毫無感受地遭人利用自己的生命，最後再度被殺——這種事絕對不能發生。

連奴隸都有死亡的自由。

連家畜死後也只是單純的肉、單純的骨、單純的材料。是沒有生命的物體。

若在死後也為了利用其魔法力而被繼續玩弄生命，那麼魔法師這個道具就連家畜都不如。

達也無法認同這種事。

為了深雪，為了絕對不讓深雪背負成為兵器的宿命，達也獨自祕密進行準備，想讓魔法師除了成為兵器或道具以外，還有其他的生活方式。這樣的他，說什麼都無法認同這種事。

「千葉壽和！」

結果，壽和沒有回應達也的喊話。他沒有留下這種「功能」。

壽和站起來，以刀身被砍斷的太刀擺出架勢。

達也跟著擺出架勢的瞬間，壽和的軀體驟然變大。連達也的動態視力也跟不上的高速衝刺，造成了這種錯覺。

達也的視線只在一瞬間跟丟壽和。而且雖然這麼說，也只是來不及對焦，他的視野確實有捕他有確實看見對方想採取的行動。

壽和高舉右手，失去大半刀身的太刀準備朝著達也揮下。

這一刀不可能砍中。

然而達也直覺嗅到危險氣息，以刀子接住刀鍔殘留的刀刃。

單手握住的太刀受到強烈的反作用力，使僅剩少許的刀身往上彈，柄頭朝下。

壽和的左手握著朝下柄頭的尖端位置附近。

壽和雙手維持直握刀柄的狀態，鑽進達也舉起刀子的左手下方。

他轉動刀柄，將直劈改為橫砍。

失去刀身的太刀掃向達也軀體。

達也以覆蓋護拳板的右拳打向太刀刀鍔。

「嗚！」

達也腹部噴出血花。他不禁叫出聲。

具備防彈、防割效果的外套被輕易撕裂，外露的皮膚被割到掀起。

在幾乎碰觸到皮膚的位置，水平的黑線混入夜晚的黑暗。黑線從上下反向產生排斥力，切斷碰觸到的物體。這是加重系魔法「壓斬」。這原本是在刀尖或鋼線產生排斥力場的術式，但壽和在被砍成斷刀的刀刃延長線上，在一無所有的空間展開力場。

雖然在即將碰觸身體時擋下，排斥力場這一斬依然切開皮膚，傷及肌肉。

【自我修復術式／自動開始】

（強制停止自我修復）

達也以自身意志阻止正要自動運作的自我修復功能。他以精神力制服傷口的痛楚，建構另一個魔法。

術式解散。

以術式解散分解形成黑色斬線「壓斬」的魔法式。

達也緊接著發動下一個魔法。

術式解散。

達也已經「看」過好幾次強行從壽和體內取出想子，當成術式解體釋出的這個魔法。他將這個魔法式分解。

達也的「眼」發現想子集中在壽和胸口中央，心臟所在的區域。

達也無視於傷口裂開，以左拳打向壽和的心臟。

雲消霧散。

壽和胸口出現一個貫穿到背後的洞。

壽和身體發出想子光。想子逐漸流失。

四肢失去力量，雙腿跪地，身體往側邊倒下。

施加在壽和身上的魔法，看來是以他的心臟為媒介持續運作。

邁向死亡的屍體，如今變成了完全的屍體。

已經無法在屍體中感覺到生命力了。

即使成為屍體，壽和的手依然沒放開太刀刀柄。

達也低頭注視壽和，不知道是不是在默哀。

「達也。」

背後突然有人叫他。完全沒察覺對方氣息的達也，差點要攻擊這個人。

他正要射出手上的刀子時，才想到這個聲音出自誰的口中。

達也轉身一看，發現八雲舉起雙手，掛著苦笑。

「其實我不打算嚇你啦。不提這個，傷口是不是治療一下比較好？」

達也聽他這麼說，才後知後覺地想起側腹的刀傷。

傷口瞬間消失。不只是傷口，連流出的血也消失，割破的衣服也復原了。

「我每次都在想，這個能力真方便啊……」

八雲似乎不是講客套話，而是真的很羨慕。

「師父，您怎麼在這裡？」

八雲這個感想在這時候一點都不重要。達也無視於師父這番話，如此詢問。

「我今天早上不是說過嗎？我會協助解決這個事件。」

八雲咧嘴的笑容莫名令達也火大，但他說的沒錯。而且現在時間寶貴。

「謝謝。那麼麻煩師父處理這具屍體。」

達也沒多說廢話就將善後工作塞給八雲，之後立刻轉過身去。

「喂，達也。」

達也默默跑離現場。

八雲目送他的背影，輕聲說著「真是的……」，搖了搖頭。

「確實不能扔著不管。」

八雲轉身向後。

黑暗中接連出現僧侶外貌的人。

「弔慰他吧。」

八雲的徒弟將壽和屍體抬上擔架，搬進停在路邊的廂型車。

廂型車朝東方駛離。接著，至今不知為何毫無車輛經過的道路，便回復為有零星車頭燈往來的光景。

◇ ◇ ◇

達也還在猶豫是否要解決壽和（屍體）的時候，顧傑搭的車已即將抵達當前的目的地。
「在前面左轉！」
杜指示行進路線。
駕駛的傀儡——稻垣依照指示，開車穿梭防風林，來到沙灘。
杜以矯捷動作下車，打開顧傑所坐的後座車門。
「大人，請換車！」
顧傑也知道杜為何焦急。
追蹤前來的車輛大燈，從防風林裡接近。
「在這裡攔阻敵人。」
顧傑對稻垣的軀體下令，然後跟著杜走。沙灘不遠處停著一輛廂型車大小的水陸兩棲車。
顧傑後方傳來槍聲。
稻垣化為傀儡的屍體，朝著出現在沙灘的追兵開槍。

◇◇◇

『少校閣下，黑顧被日本的追蹤部隊追上了，請允許迎擊。』

卡諾普斯在以停泊公海的驅逐艦為目的地，正經過房總半島南端時，收到了非法特工部隊要求指示的通訊。

這種進展對他來說不是滋味。卡諾普斯希望盡量避免和日方大規模交戰。在座間派兵的決定，也是政治上的一次豪賭。

這次的任務是不會留下官方記錄的類型。交付他這項任務的巴藍斯，在必要的時候也會佯裝不知情吧。

光是協助顧傑逃亡的杜身分敗露就是一大醜聞。雖然杜是非法特工，表面上和USNA軍毫無關係，不過軍事與外交可沒這麼天真到這種藉口會管用。

要是顧傑逃亡的各種幕後工作曝光，卡諾普斯也是吃不完兜著走吧。STARS部隊長的地位也肯定派不上用場。他的身分恐怕會被消除，對外宣稱死亡，改為執行非法任務。獲得能夠用來進行破壞工作的高階魔法師，軍方高層或許反而樂觀其成。

就算這麼說，事到如今也不可能選擇將顧傑交給日本的魔法師，也就是交給十師族。

「准許以實彈牽制。」

『收到。』

卡諾普斯將情報終端裝置的通訊模式切換為索敵模式。

參考己方識別訊號，確認現在和驅逐艦的距離。

只要將紀德·黑顧（顧傑）引到公海殺害，這次的任務就結束了。

即使結果順利，事後回想起來似乎也會很不是滋味。如此心想的卡諾普斯嘆了口氣。

◇　◇　◇

將輝看到顧傑搭的車開進防風林中的小徑，心想：「好極了！」

那條路通往沙灘。基於收拾善後的問題，將輝遲遲不願意在幹線道路使用「爆裂」，不過如果是這個時期——寒冬的海灘，就算「鬧大一點」，應該也不成問題。

吃水較深的船無法在沙灘使用。如果使用氣墊登陸艇，沙灘就不會造成阻礙，但是這種東西入侵的話，不可能沒人知道。顧傑大概是打算搭小船到外海轉搭遠洋船吧。下車搭乘小船也要一段時間。將輝認為順利的話就算不破壞小船，也能在轉搭的時候就逮捕顧傑。

將輝穿過防風林，帶頭來到沙灘，並在這裡下車。他不會堅持在沙地騎公路機車。轎車從將輝身旁超越，他也併用移動魔法跟在後面。

顧傑用來逃亡的車停在沙灘正中央。轎車即將從這輛車旁邊經過。

槍聲響起。

轎車輪胎被射穿。

輕易在防彈輪胎開洞的子彈，或許有以魔法提升貫穿力。

轎車在沙灘上打滑，好不容易才在沒翻車的情況下停下來。

後續的轎車在即將撞上時煞車。

兩輛轎車合計有十名魔法師下車。他們都直接現身，沒以車子當掩體。

顧傑搭的車子暗處有人朝帶頭的魔法師掃射。

能夠射穿防彈輪胎的子彈，被反物質護壁擋下。

（不愧是十文字家旗下的魔法師。）

將輝在心中感嘆。

但他也不只是作壁上觀。

將輝從肩掛式槍套拔出漆成鮮紅的手槍造型ＣＡＤ。

他朝著顧傑的車子發動「爆裂」。

車子著火了。這輛車是乙醇燃料車算敵人倒楣。氣化的乙醇燃料，被容器爆裂時產生的火花點燃。

身穿西裝的青年從著火車子後方翻身而出。他右手握著武裝一體型的手槍ＣＡＤ，所以肯定是這個人朝這裡開槍。

將輝決定將這名青年交給十文字家的人應付，自己則是去追顧傑。

十文字家的魔法師包圍這名青年──稻垣。

但稻垣完全無視於包圍他的魔法師，朝將輝開槍。

將輝與稻垣之間的魔法師擋下子彈。

下一瞬間，稻垣衝向以反物質護壁保護將輝的魔法師。

他如同以刀突刺般將手槍直指前方，扣下扳機。

耀眼的想子光隨著子彈釋放，響起不像手槍子彈發射的槍聲。

反物質護壁被貫穿。

十文字家的魔法師倒下了。他的喉嚨開了一個大洞，脖子差點斷掉。

這用不著確認，就是當場死亡。

以手槍使用劍術。

將輝不知道這種技術，但他看一眼就知道多麼危險。

鮮紅的ＣＡＤ瞄準稻垣，扣下扳機。

稻垣身體噴發耀眼的想子光。

術式解體使得爆裂失效。

將輝感到驚愕——卻沒有愣住。

他雖然吃驚，內心的另一個部分卻冷靜建構魔法式。

二〇九五年夏天，將輝在祕碑解碼敗給達也之後，就一直準備再戰。他反覆持續訓練，進行許多場模擬戰，以便應付達也的任何奇策。

其中也包含達也使用術式解體時的對策。

即使魔法因為術式解體而失效，也要立刻使出追擊的魔法。只要不讓對方有空攻擊，遲早會防不住這邊的魔法。

這是吉祥寺分析術式解體釋放大量想子的性質後，所擬定出的對策。將輝將這個對策練習到成為意識與身體的反射動作。

只不過是魔法被術式解體癱瘓一次，不足以阻止將輝。

將輝再度使用「爆裂」。

反觀植入稻垣體內的顧傑術式，則無法這麼快地聚集想子。

釋放不上不下的想子量，當然不可能擋得住將輝的魔法。

稻垣的身體隨著鮮血飛濺破裂。

血花濺到將輝所站位置的不遠處，血滴被沙子吸收。
將輝轉過身去。
己方失去一人，敵方也失去一人。
除了顧傑以外還有一人。兩人正要搭乘廂型車。
不，乍看是廂型車，但或許是水陸兩棲車。
總之，無論如何都無妨。
將輝以鮮紅的ＣＡＤ瞄準那輛車。
將輝正要扣下扳機的瞬間，某人從背後撲過來。
他就這樣被撞倒在沙灘上。
撞倒他的是十文字家旗下的自己人。
為什麼？
將輝正要這麼問的時候，槍聲接連響起。
魔法師趴著保護將輝，他的反物質護壁在晃動。
遠大於手槍槍聲的響亮聲音，將輝在橫濱事變也聽過。
對付魔法師的高威力步槍。
用來射穿反物質防禦魔法的強力子彈如同暴風雨，從後方與側面的防風林灑落。

將輝從這片彈幕推測對方人數至少是己方的兩倍以上。

不愧是別名「鐵壁」的十文字家當家帶來的菁英，他們漂亮擋下研發來殺害魔法師的高威力步槍射擊。但敵方武器的性能恐怕也是最先進的等級，而且不時有榴彈從天而降，無法只將魔法護壁集中在防風林方向。

十文字家的魔法師，光是防禦就沒有餘力了。

（這麼高性能的裝備……難道說，顧傑背後有USNA軍撐腰？）

將輝的推理太急著下定論，卻沒有猜錯。雖然不是USNA政府教唆顧傑發動恐怖攻擊，但現在攻擊將輝他們的確實是USNA軍。

廂型車收容顧傑之後衝向海面。

（果然是水陸兩棲車。）

將輝以臥射姿勢將CAD朝向水陸兩棲車。

然而在這個時候，敵方集中朝他射擊。

將輝將「爆裂」魔法切換為反物質護壁魔法。他用的不是十文字家旗下魔法師使用的全方位防禦型，是將方向限定在步槍射擊路徑的護壁。

描繪拋物線射來的榴彈交給十文字家的魔法師處理，相對的，高威力步槍由將輝防禦。

沒有餘力狙擊海面的水陸兩棲車。將輝被迫暫時專注於防禦。

◇ ◇ ◇

克人的轎車依照部下傳來的訊號，開進通往沙灘的小徑。

前方響起槍聲，不時聽得到爆炸聲混入其中。這裡民宅雖少，卻也不是無人的荒野，也有不少車輛行經這裡。雖然不知道是誰這麼做，但這種戰鬥行為過於大膽。

克人的車也遭受槍林彈雨的攻擊，但是早就察覺戰鬥的克人使用反物質護壁魔法，將對付魔法師的高速重量彈悉數擋下。落在車輛行進方向地面的手榴彈爆炸，也被克人的魔法壓制。

克人讓轎車停在防風林裡。

他獨自下車。

子彈襲擊克人——他循著射擊路徑起飛。

克人魁梧的身軀披著球狀護壁飛翔。無論撞斷樹枝或挖毀樹幹都不當一回事，筆直朝著子彈發射的地點飛去。

受驚的是步槍手。他連忙以高威力步槍朝著克人亂開槍，子彈卻悉數被彈開。他被流彈擦過臉頰而不禁僵住時，超硬的牆壁襲擊而來。

槍手被克人的護壁彈飛。

克人沒有因為這樣就滿足。

槍手撞上樹幹之後，他繼續撞上去。護壁當然還纏在身上。

夾在樹幹與護壁中間的槍手吐血了。

克人確認這名男性完全沒反應後（他不在乎對方只是昏迷還是死亡），尋找下一個目標。

無力坐在樹下的男性身穿融入夜色的深色外套，乍看沒發現任何能夠確認所屬單位的物品，但他手上的槍不是普通犯罪組織能取得的東西。如果這個敵人隸屬於外國軍隊，剛才的戰鬥行為無疑是挑戰日本主權。從維護治安的觀點來說，也不能無視這一點。

比起逮捕顧傑，克人決定優先鎮壓這場槍戰。

槍林彈雨減弱了。實際感受到這一點的將輝，終於察覺防風林裡正在進行戰鬥。強烈的魔法氣息穿梭於防風林。將輝對這股氣息有印象。

二〇九五年夏天，在九校戰最後一天看見的懾人英姿。

（十文字先生在戰鬥嗎？）

克人正在防風林和牽制己方的敵人作戰，正在打倒他們。

將輝明白這一點之後不是跑向海面，而是跑向防風林。

與其冒著背後中槍的風險阻止顧傑，不如在短時間內解決礙事的傢伙，然後在無須在意背後安危的情況下繼續追捕。將輝認為這樣比較確實。

他將護壁集中在前方，衝向彈雨。

依照體感，子彈的密度只有當初的一半。

強力子彈壓迫魔法護壁。將輝的護壁堅固程度和他的魔法力一樣高，不過就某方面來說，卻不如專精於護壁魔法的十文字家魔法師。

他在遭受連射之前翻身臥倒在沙灘，就這麼趴著捕捉敵兵的身影，發動「爆裂」。

防風林滲出畏懼的氣息，大概是因為目睹同伴慘死的樣子吧。

一条家的「爆裂」優勢不只是純粹的威力，還能重創對方的士氣。

己方士兵噴血炸開的模樣，即使是身經百戰的人也不敢正視。無論是任何人，應該都不想這樣死掉吧。

將輝感覺敵方的準度下降。

如果光是這樣就嚇壞，就不要挑起戰端。將輝如此心想。

但另一方面，他也冷靜計算敵方慌張的這段時間是好機會。

「反擊！」

將輝毫不畏懼地起身大喊。

現場響起「喔喔！」的吶喊聲。

至今被迫只守不攻的魔法師們，同時起身往前跑。

槍聲響起。

榴彈爆炸的火焰照亮夜晚沙灘。

即使如此，也擋不住十文字家部下的突擊。

將輝也一邊在血花中屠殺敵人，一邊前進。

他們終於攻進防風林。

樹林深處，克人正在確實將敵人逐一「壓垮」。

敵方也有士兵扔下槍，以刀子應戰。

這是正確的做法。

在混戰之中，不怕傷到自己人而射出去的子彈，將會被魔法護壁反彈成為流彈，反而讓敵人受創。

將輝、克人以及十文字家的魔法師，如同驚濤駭浪地鎮壓了USNA的非法部隊。

◇◇◇

即將和驅逐艦會合的這時候，卡諾普斯得知妨礙部隊全軍覆沒。

他們稱職地完成了拖延時間的任務。顧傑已經連同水陸兩棲車一起進入外海待命的逃走用船隻。除非使用飛行魔法，否則日方應該無法在領海逮捕顧傑。

雖說是全軍覆沒，但妨礙部隊的成員大多活著。對於USNA軍來說，這將會成為透漏彼此關係的不利證人。他們所拿的武器也會成為不利的物證。

卡諾普斯拿起簡單的發訊機，閉上眼睛輕聲禱告。

願他們的靈魂安息。

沒有請求原諒的話語。

卡諾普斯張開雙眼，按下讓妨礙部隊「真正」全軍覆沒的按鍵。

◇　◇　◇

確認敵方完全停止抵抗之後，將輝尋找克人的身影。

「十文字先生！」

「一条先生，我在這裡。」

克人從樹木後方現身。兩人的位置意外很近。

克人身穿防割毛衣加一件外套。他的上衣不只沒受損，甚至並未沾上半點塵土。將輝覺得騎士外套沾滿沙子的自己和他差好多。上衣的髒汙程度似乎象徵兩人的實力差距，讓將輝感覺有點消沉。

「一条先生，怎麼了？」

這副模樣就克人看來，大概很令人疑惑吧。克人問完，將輝搖頭表示沒什麼。

「沒事。不提這個，這些傢伙怎麼處置？我認為不能扔著不管。」

「也對……」

克人思考片刻之後點頭。

「雖然不確定是不是恐攻集團的人，但是恣意妄為到這種程度，也不能放他們逃走。」

克人迷惘的原因，在於要是把時間用在這裡，可能會完全放走顧傑。

「那麼，可以交給十文字家的各位逮捕這些傢伙嗎？我去追顧傑。」

將輝也擔心相同的事。因此他提議分頭行動。

「雖說要追，但要怎麼追？就我所見，顧傑已經逃到外海了。」

「從海面跑過去。」

「看來只能這樣了……」

若在海面遭受和剛才同樣激烈的攻擊，即使是克人，也會進退維谷。不確定將輝是否能完全防禦。

然而比起克人，將輝擁有射程較長的攻擊手段。一發現顧傑的船，就立刻破壞輪機部，阻止航行就好。就算誤射無辜的船隻，考量到逮捕顧傑的重要性，也是逼不得已。只能嫁禍給恐怖分子，湮滅事證了吧。

「知道了。這邊交給我們吧。」

克人做出這個決定。

不能批判他優柔寡斷，或是太晚做下判斷。

因為應該沒人料想得到，妨礙他們逮捕顧傑的敵人會在最後使出這種手段。

克人接受將輝這個提議的下一瞬間——

倒在防風林裡的敵人突然燃燒起來。不是比喻，正如字面所述，無論是屍體還是傷者的身體，都冒出了火焰。

這是運用人體起火魔法的自爆魔法。不，形容成自爆並不正確。ＵＳＮＡ軍的非正規士兵都被植入暗示，一旦接收到外部訊號，就會發動人體起火魔法。而且還在深層心理中設定為連同死者與非魔法師的士兵都要跟自己一起燒掉。

克人緊急架設護盾，連同將輝一起保護。

跟隨他的十文字家魔法師們，也連忙架設魔法護壁。

他們的行動絕對不是小題大作。

噴火的不只是敵兵。

敵方使用的武器也因為高熱融化或爆炸。

武器的碎片打在魔法護壁上。

將人體化為黑炭的火焰蔓延到防風林。

不只是一兩處。

「立刻滅火！」

克人大聲下令。

這時候的最優先課題不是追捕顧傑，而是防止火勢擴大。

◇◇◇

和海岸平行的幹線道路上，達也正以六十公里的時速奔跑。他沒使用飛行魔法。基於某些理由，他無法使用。

這次的作戰，達也並沒有接受獨立魔裝大隊的支援。不是要求協助被拒絕。在座間基地附近的那場戰鬥之前，達也已經獲得使用軍事機密魔法的許可，不過與其說是申請許可，比較像是知會一聲。

達也這次沒向獨立魔裝大隊求助。大隊也沒有積極協助達也。達也沒穿可動裝甲，是當然的結果。

即使沒穿可動裝甲，也能飛行。

然而如果沒有裝甲的防禦力，就無法充分應付敵方的攻擊。達也不擅長反物質護壁魔法與耐熱護壁魔法。他可以察覺敵方攻擊，再使用分解魔法迎擊，但是飛行時不知道對方是從哪個角度與哪個距離攻擊，所以不可能百分之百迎擊成功。

專精於特定魔法的達也，原本在防禦上就有弱點。自我修復魔法始終是用來在受傷時使用，因此達也也不願意採取以重傷為前提的特攻。

顧傑已經前往遠方外海，以相當快的速度朝南東南移動。再這樣下去，抵達公海也只是時間問題。

協助顧傑逃亡的勢力擁有相當的組織力。達也只想得到是美軍幹的好事。雖然完全不知道USNA放任顧傑逃亡究竟能得到什麼好處，但因為他們介入，這樣下去鐵定會放走顧傑。

——比起被他逃走，更沒有後顧之憂。

顧傑以那種方式玩弄魔法師的生命，絕對不能讓他活下去。

最好的結果是先被警察逮捕，然後在牢裡暗殺。

不過達也開始考慮把「消除」顧傑當成備案。

達也正在前往顧傑用來逃到海面上的沙灘。他知道目標已經不在那裡，是打算先和將輝他們會合。

達也抵達該處的時候，滅火行動剛好告一段落。

「這是怎麼回事？」

達也這麼一問，將輝露出有苦難言的表情。

回答的是克人。

「敵人自爆了。」

「明明沒有枯樹，卻光是自爆就釀成火災？」

「似乎是使用了人體起火魔法。」

達也聽到使用的魔法種類，就理解到敵方企圖徹底湮滅證據。看來USNA基於某個理由，不惜這麼做也要阻止他們逮捕顧傑。雖然應該不可能，但顧傑的恐怖攻擊該不會真的是他們計畫的吧？

「司波。」

達也思考這種事情時，輪到克人發問。

「一条先生說他想用在海面行走的魔法去追顧傑。你認為呢？」

達也從這裡消滅顧傑是最快的方法。

但這是一張務必要藏好的底牌。

「不能請沿岸警備隊幫忙嗎？」

將輝對達也的意見提出異議。

「現在叫船過來也來不及吧？」

「不是從這裡追。顧傑的船位於大島連向房總半島的界線前方。如果有巡邏船位於能夠先行攔截的位置，就可以從這邊引導他們。」

將輝雖然不知道達也是如何掌握顧傑的位置，卻沒有開口問。應該也抱持相同疑問的克人基於禮貌，完全不提達也的魔法。

「我聯絡智一先生看看。」

克人接受達也的提議，取出情報終端裝置。

克人的終端裝置如同抓準這個時機，響起來電鈴聲。

顯示在螢幕的來電者姓名是七草真由美。

克人開啟擴音功能讓達也與將輝也聽得到，然後按下通話鍵。

「七草嗎？怎麼了？」

『應該沒時間了，所以我只講正事。』

真由美應該沒參與今晚的逮捕作戰才對。但她似乎理解這邊的狀況。

『我請巡邏船讓我上船，現在來到附近了。看得到嗎？』

達也、克人與將輝看向外海。確實看得見巡邏船的燈光正接近他們所在的海灘。

「妳要幫忙追捕顧傑？」

『嗯，沒錯。達也學弟，你在那裡嗎？』

真由美給克人肯定的回應，然後突然呼叫達也。

「是的，我在這裡。」

雖然沒有預料到，但達也不慌不忙地迅速回應。

『你知道顧傑在哪裡吧？方便過來嗎？』

真由美的要求正如達也所願。

「知道了。」

達也二話不說地答應。

「七草學姊，我是一条。方便也讓我上船嗎？」

將輝有點慌張地從一旁插嘴。

『嗯，好啊。十文字呢？』

雖說是理所當然，但真由美爽快同意將輝上船。

「這邊的狀況有點麻煩，我不得不留下來。」

克人也很想參與追緝，但他不能扔下燒焦的屍體、毀壞的兵器與火災痕跡不管。需要有人負責對警察與消防隊說明詳情。

『收到。達也學弟、一条學弟，我沒辦法派人去接，方便自己過來嗎？』

「知道了。」

達也與將輝齊聲朝克人手上的終端裝置回答。

兩人如賽跑般前往海岸，爭先恐後地在海面奔向巡邏船。

◇　◇　◇

以水陸兩棲車逃到海上的顧傑，連同車輛一起進入高速貨船。

現在他正在船長室休息。

聽到響起敲門聲，顧傑簡短回應「進來」。

「大人，打擾了。」

正如預料，開門的是杜。

顧傑看著他，後知後覺地心想「原來他是這樣的人」。

年齡大概三十多歲，身高一七五公分左右。黑髮黑眼，肌膚曬得黝黑。沒什麼特徵的平凡長相。這外表確實難以令人留下印象。然而明明從上週開始就見面許多次，卻有種初次見面的錯覺，大概是因為自己先前沒有餘力在意這種事吧。顧傑在心中如此自嘲。

「大人，要喝點東西嗎？」

杜手上是一瓶紹興酒。如果標籤和內容物一致，即使不到頂級，也算相當高級的種類。

「給我一杯吧。」

顧傑回應之後，杜點了點頭，將酒瓶放在桌上，從房間附設的櫃子取出玻璃小酒杯。

杜將酒杯放在顧傑面前，倒入紹興酒。

顧傑拿起酒杯遞給杜。

「辛苦你了。你先喝吧。」

「哎呀，真是不好意思。」

杜毫不客氣、毫不猶豫地接過酒杯，喝光裡面的酒。

明知顧傑是在要求試毒，杜卻完全沒露出抗拒表情地拿出了另一個小酒杯，再度邀顧傑喝紹興酒。

顧傑將杜倒的酒一飲而盡。

「嗯……好酒。」

「不敢當。」

顧傑將玻璃杯放在桌上，看向依然站著的杜。

「所以，狀況怎麼樣？」

「接下來不用一小時就會離開日本領海。目前沒有追兵。」

「這樣啊。」

雖然沒展露在表情或態度上，但顧傑覺得終於可以喘口氣了。現在還很難說已經確保安全。即使抵達公海也不會因而免於被追捕，但他依然忍不住冒出終於脫離敵方手掌心的安心感。

「之後要怎麼做？日本人應該知道這艘船了。」

「是的，我也這麼認為。所以雖然會造成大人的麻煩，不過得請您再轉搭別艘船。」

「安排得真周到啊。」

「大人，這是我的榮幸。轉搭下一艘船之後，會直接開往雪梨。」

「中途不停靠其他港口是吧。」

「是的，我想這樣比較好……如果大人想去哪個港口……」

「不，交給你處理。」

「遵命。那麼您有事吩咐時，我會立刻過來。」

杜離開房間。

顧傑拿起留在桌上的紹興酒瓶。

◇ ◇ ◇

達也從海面跳上巡邏船的時候，迎接他的是真由美與八雲。

「嗨，達也，來得真慢啊。」

「……師父為什麼在這裡？」

達也蹙眉詢問，八雲則露出一如往常悠然自得的微笑。

「居然問我為什麼，我剛才不是也說了嗎？我會幫忙解決這個事件。你忘了？」

「我想問的不是這個，是問師父為什麼能搭上這艘船。」

達也質詢八雲時，和他一樣從海面上船的將輝在一旁詢問真由美。

「那個，七草學姊，這位和尚是哪位？」

真由美露出為難笑容回答將輝。

「這位是忍術師九重八雲大師。是達也學弟的師父，說願意幫我們的忙。」

「正確來說，我可不是師父喔。因為達也不是忍者，也並未出家。我只是稍微陪他修行體術罷了。」

八雲沒回答達也的問題，而是介入真由美與將輝的對話。

達也投向八雲的犀利視線，讓真由美覺得好像是在責備自己，連忙補充回答。

「雖然大家今天要我什麼都別做，但我還是坐不住……」

達也一臉「所以呢？」的表情催她說下去。

「以防萬一，我請巡視船出海開往平塚的新港，就發現八雲大師在那裡……他說他知道達也學弟你們在哪裡，就請他上船了。而且我也知道他是你的老師……我這樣做不行嗎？」

真由美戰戰兢兢問完，達也就將嘆息吞回肚子裡。

「……並不是不行。」

「太好了。」

聽八雲這麼說，達也不知為何覺得不耐煩。

但他克制自己不繼續進行無意義的問答，專心進行現在該做的事。

「七草學姊，立刻展開追捕吧。」

「也對。達也學弟，可以幫忙指示航路嗎？」

「知道了。」

達也與真由美前往巡邏船的甲板，將輝與八雲隨後跟上。

◇　◇　◇

被叫到驅逐艦戰情中心的卡諾普斯，在聽到報告之後板起臉。先前對於作戰的最終階段進行沙盤推演時，他不希望猜中的事態正逐漸成真。

「總歸來說，日本的海巡艇追上黑顧搭乘的貨船了？」

看著海圖聆聽相對速度或航線之類的說明時，卡諾普斯將內容歸納為這句話做確認。

「可以說是，也可以說不是。」

不同於驅逐艦船員，為本次作戰另外準備的一名成員，再度對卡諾普斯說明。

「預測日本的巡防艇會在黑顧的船即將抵達公海的位置才追上。但是日方擁有緊追權，這邊沒辦法攔截臨檢。」

緊追權（或稱為持續緊追權）是國際公約認可的權利，一個國家有權在公海繼續追緝在領海內觸犯該國法令的船隻。卡諾普斯當然無須聽說明，也知道這件事。

「需要變更最終階段的計畫。」

成員以這句話作為回答的總結。

卡諾普斯深深嘆口氣。

「來硬的嗎……」

看來果然不會這麼簡單了事。光是能避免最壞的事態——在日本領海擊沉顧傑搭乘的船，就得當成是好事了。卡諾普斯如此安慰自己。

「黑顧的船接近的話叫我一下，我會一直在船艙等。」

「收到，少校閣下。」

在成員們的聲音送別下，卡諾普斯離開了戰情中心。

◇ ◇ ◇

「維持現在的航向。應該快能目視到目標了。」

正如達也所說，一艘船浮現在巡邏船的照明中。

真由美安排的高速巡邏船活用其速度，在黑顧搭乘的船即將出公海時接近到可視範圍。

「船長先生，拜託了！」

不用聽真由美的要求，巡邏船的船長就命令部下發出停船訊號。以擴音器與發光訊號，勸告顧傑搭的船停止航行。這麼一來緊追權就成立了。

巡邏船的艦橋洋溢安心的氣息。

◇◇◇

以多國語言發布的停船命令，也傳入正在房間休息的顧傑耳中。
某人慌張敲響房門。
「進來！」
顧傑的聲音透露出焦急。
「大人，打擾了！」
看門的杜也難掩慌張。
「日本的巡防艇好像發現我們了。有幾艘？」
「一艘。」
杜不知道顧傑為何問這種問題，就反射性地回答。
「所以，要怎麼做？」
「就這麼逃到公海。」
「不過，他們的速度比較快吧？」
杜不知為何充滿自信地回應顧傑的指摘。
「我們的船就在日本領海外圍待命。接下來船會開得有點粗魯，請小心。」

現在的顧傑沒有棋子。他自己也沒有擊沉巡防艇的攻擊力。

但他並不是完全束手無策。

沒棋子，再做就好。

時間與道具都不夠，所以只能製作消耗品，但幸好追兵只有一艘船。只要突破現在的困境，就能想辦法脫險。

顧傑看著面前自稱喬・杜的男性。第一次見面的時候，他就知道這個人的天分非常好。雖然似乎在隱藏實力，但是對顧傑來說是一目了然。

而且，如今顧傑確信他還隱瞞了某些事。

「知道了。杜，交給你了。」

「遵命，大人。」

杜深深鞠躬到露出背部，並讓顧傑看不見他的手。

顧傑發動先前設置在杜身上的術式。

杜的身體如同某種症狀發作般大幅抖動。

隨後就這麼往前倒。

橫躺的杜右手握著手掌大的小型手槍。

「目的是要暗殺我嗎？要暗殺還布局得這麼用心，但你以為我會無條件相信一個素昧平生的人嗎？」

顧傑以出言嘲笑屍體的這張嘴向屍體下令。

「杜，起來。」

杜的身體動作一開始慢吞吞的，接著立刻回復精神抖擻的動作起身。

「聽得懂我的話吧？」

杜默默點頭。

顧傑見狀咂嘴。

「沒辦法說話了啊。」

雖說有事先設置術式，但是當時連簡式的儀式都省略了，看來準備果然不夠充分。將精氣變換成魔法燃料的步驟順利成功，但肉體失去部分功能。

顧傑放棄詢問杜的背景，命令他應付巡邏船。

「杜，和日本的巡防艇一起沉沒吧。」

杜同樣默默點頭，離開船艙。

顧傑也跟著離開船艙前往艦橋，以便完全掌控這艘船。

◇◇◇

聽見響起敲門聲，卡諾普斯回應「進來」。
現身的不是驅逐艦船員，是作戰成員。
成員進入船艙後關上門，站在卡諾普斯面前。
「少校閣下，喬瑟夫·杜的生命訊號消失了。」
卡諾普斯揚起眉角詢問作戰成員。
「暗殺失敗了嗎？」
「說來遺憾，很可能失敗了。」
卡諾普斯默默起身。
他想就這麼走出船艙時，作戰成員叫住他。
「少校閣下，顧傑逃到海面時使用的水陸兩棲車，正從他搭乘的船開往日本的巡防艇。」
「不用管。日本巡防艇應該會擅自擊沉那艘船吧。」
卡諾普斯拿起立在門旁，擁有日本刀造型的武裝演算裝置，接著便為了親手解決這一切而前往甲板。

◇　◇　◇

發送停船訊號的對象沒有減速的樣子。巡邏船船長見狀，下令射擊警告。

「瞄準，可疑船隻極近……請等一下！確認敵方船隻開出小船！」

真由美率先對射擊管制員的報告做出反應。

「達也學弟！」

「不，顧傑沒在小船上。」

不只是真由美認為顧傑企圖搭小船逃離。正因為達也也如此懷疑，才能夠立刻回答。

那麼，小船的目的是什麼？

答案立刻揭曉。

「小船筆直衝向這裡！」

「武裝呢？是哪種船？」

船長問完，射擊管制員以聽來自己也難以相信的語調回答。

「是水陸兩棲車！很快！這是什麼速度？」

水陸兩棲車的速度不可能這麼快，使得管制員啞口無言。

「那是用魔法加速的！」

將輝以堅定語氣說明，同時以鮮紅的ＣＡＤ瞄準水陸兩棲車。

將輝身體發出剩餘想子光的光輝。

「爆裂」發動。

小船似乎使用氫氣引擎，燃料沒爆炸。看來氫氣燃料在著火之前就擴散了。

而且在這種情況下，也意味著水陸兩棲車上的魔法師沒受重創。

水陸兩棲車逐漸沉沒，而從車上鑽出來的人影，正如同在海面滑行般高速接近。

「朝逃亡的船隻射擊警告，那個人由我們應付。」

真由美向船長如此建議。她在這時候已經完成讀取啟動式了。

「瞄準！」

「瞄準，可疑船隻極近！」

「射擊準備完畢！」

「發射！」

伴隨曳光彈的機關砲擊，擦過顧傑所搭的船。

真由美在同一時間發動魔法。

「魔彈射手」。

真由美的子彈並非一定要以乾冰製作，即使是冰彈，也做得到相同的操作。老實說，真由美最能發揮實力的地方，是海上或湖上這種水量充沛，容易取得子彈材料的水面上。

真由美從海水直接製作冰塊，由四面八方射向海面上那個推測是魔法師的人影。這個人影暴露在濃密的彈幕之下，沉入水中。

「可疑船隻離開領海了。」

「無妨，就這樣繞到前面攔截。」

巡邏船依照船長的指示，和顧傑搭的船拉近距離。

真由美似乎很在意沉入海裡的那名魔法師，卻沒說要救他。逮捕顧傑是她提出的委託。

只差一步就追上顧傑船隻時，雷達員發出哀號般的聲音。

「船長！USNA的驅逐艦開始接近我們了！」

「什麼！」

船長也不禁驚呼。

USNA所屬的驅逐艦停泊在緊貼領海外圍的位置，是在開始追捕時就已經知道的事。對於這邊的詢問，對方也有表明身分。驅逐艦的位置幾乎和逃走船隻的航路交叉這一點很令人在意，但對方沒採取敵對行動，所以也無法插嘴。

然而對方突然展開行動。

從航行方式看來，可能是要協助逮捕可疑船隻，也可能是要妨礙逮捕。

艦橋人員開始匆忙行動。通訊員開始迅速朝驅逐艦喊話。

◇◇◇

「目標抵達公海了。」

「半速前進。」

驅逐艦依照艦長的指令行動。航向是西南。右手邊是顧傑搭的船，其後不遠之處是日本的海巡艇。

搭載強力引擎的ＵＳＮＡ驅逐艦，轉眼間就接近了顧傑搭乘的高速貨船。

站在甲板船頭前端的卡諾普斯將日本刀造型的武裝演算裝置拔出鞘，注視貨船。

◇◇◇

來到甲板的顧傑，將包含船長的所有人製作為傀儡。船長他們幾乎等於毫無抵抗，即使如此，製作傀儡的程序也不是瞬間結束。顧傑的術式完成前，船一直筆直航行，沒人警戒周邊。

直到即將相撞，顧傑才察覺驅逐艦接近過來。

「停船！」

「全速後退。」

甲板船員只是被剝奪自由意志，會以與至今相同的技術實行命令。

貨船依照船長的命令煞車。

貨船逐漸減速，近乎靜止。

驅逐艦接近貨船的航路。

看來免於相撞了。顧傑如此心想的下一瞬間，就受到強大的魔法氣息震懾，停止思考。

◇◇◇

卡諾普斯高舉用來發動「分子切割」的武裝演算裝置。

顧傑的位置映在眼鏡型的透明螢幕上。是特工喬瑟夫・杜以生命為代價設置的發訊機所立下的功。

僅次於STARS第一隊隊長安吉・希利鄔斯，ＵＳＮＡ第二把交椅的實力派——班哲明・卡諾普斯少校，以最強威力發動「分子切割」，朝著貨船上的顧傑砍下。

◇◇◇

「全速後退！」

巡邏船也下達和貨船相同的命令，以免和驅逐艦相撞。

驅逐艦的艦首來到顧傑所搭貨船的航路。

此時——

達也感應到強力魔法發動。

魔法的發動對象是全長達七百公尺的細長片狀空間。

極大規模的領域魔法。

魔法種類是分子間結合力反轉術式「分子切割」。

（要將顧傑連同船隻一起斬斷？）

要是中了那種威力的分子切割，基本上會連屍體都不剩，會和船隻一起消散在大海中。

要是允許對方這麼做，達也至今的辛勞將會全部化為烏有。

如果只是要「消除」，早在今天早上就結束一切了。

達也試圖使用術式解散，讓分子切割失效。

他以平時的習慣，將右手向前伸直。

八雲抓住他的手。

達也看向八雲。

八雲迅速搖頭。

達也內心產生瞬間的躊躇。

就在這一瞬間——

分子切割發動，巨大的刀刃劈下。

載著顧傑的船沒有絲毫抵抗，就被砍成兩半。

同時，達也射入顧傑體內的想子印記也消失了。

顧傑身為「人類」的個體消失了。

「剛才那是……什麼？」

「是……分子切割？」

真由美與將輝茫然低語。

達也以犀利目光瞪向八雲。

但是達也見到八雲以同樣強烈的眼神回應，便放棄當場詢問理由。

船長親自朝著通訊機的麥克風怒罵。

驅逐艦的艦長以沉穩聲音回答。

艦長說那艘船是惡名昭彰的海盜船，他們一直追蹤至今。

艦長主張之所以擊沉，是因為海盜船無視於停船訊號企圖逃走，才會逼不得已這麼做。

「那艘船不是準備停船了嗎！」

『從本艦看來並非如此。』

「睜眼說瞎話！」

『有異議的話，就透過外交管道發言吧。』

驅逐艦如此告知之後，便轉往東方航行。

咬牙切齒目送對方離去的，不只是巡邏船的船員。

達也、將輝與真由美也抱著不甘心與空虛的心情，交互看著驅逐艦的背影，以及顧傑沉入的海面。

達也失去愛用的機車，因此決定搭八雲的車回家。因為雖然無人化的大眾運輸系統二十四小時全天候運作，但他帶著各種不方便被看到的東西。

坐在後座左側的達也，上車之後好一陣子都不發一語。坐在他旁邊的八雲也沒主動開口。

返家的路程剩下不到一半的時候，達也才跟八雲說話。

「師父，您醒著嗎？」

「醒著喔。」

閉著雙眼動也不動的八雲睜開眼睛，面向達也。

達也就這麼看著前方，沒和八雲目光相對。

「剛才您為什麼要阻撓我？」

「是說你要讓美軍魔法失效的那時候？」

「是的。」

達也語氣沒變凶。他的聲音如同無底的黑暗般沉重。

「我倒想問你為什麼要做出那麼輕率的舉動。」

八雲以詢問的形式回答達也。

他的意思是達也行事輕率，他才會阻止。

「就算殺了顧傑，也必須讓眾人知道他是恐怖攻擊的幕後黑手，否則我們就不算是在掃蕩恐怖分子時提供過助力。如果有司法權力當場見證最好。若能阻止那招分子切割，就能以最佳形式解決這個事件了。」

達也深深感受心中悔恨，停頓片刻。

「然而實際上，我們甚至無法回收顧傑的屍體，恐怖攻擊事件的真相也埋沒在黑暗中。」

「解決事件對你而言，就這麼重要嗎？」

八雲的反駁出乎達也意料。

達也一時之間無法反駁，八雲乘勝追擊。

「假設，你當時成功讓美軍第二把交椅的魔法師——班哲明．卡諾普斯的分子切割失效好了……」

達也睜大雙眼，轉頭看向八雲。

讓他驚訝的有兩件事。

其一是STARS的第二把交椅——班哲明．卡諾普斯居然會為了這種局部性的事件出動。

雖然這對十師族來說是大事件，但感覺並不是足以影響ＵＳＮＡ國家利益的問題。還是說，這個事件隱藏了ＵＳＮＡ必須保密的內幕？

其二是八雲如何知道卡諾普斯介入這個事件。

確實，那個大規模魔法必須想成是出自STARS第二把交椅之手，才能令人接受。但這是「如果出自卡諾普斯之手就能接受」的意思。光是看到那個魔法，並不能確定發動的魔法師就是班哲明・卡諾普斯。

這必須更早知道卡諾普斯介入這個事件。

八雲應該也有察覺達也的驚愕，但他不予理會。

「你去年和STARS總隊長安吉・希利鄔斯交手過。美軍應該會認為卡諾普斯的魔法失效，也是你幹的好事。你現在不是昔日沒沒無聞的無名魔法師，而是被指名為四葉家下任當家丈夫的四葉魔法師。」

八雲的眼光更加犀利。

達也自覺自己被這份魄力震懾。

「四葉的名號大概比你想像的沉重許多。若你當時將卡諾普斯的分子切割『分解』，美軍應該會把你認定為敵人。他們應該會把你視為威脅美國霸權的存在，想辦法暗殺你。」

八雲就這麼筆直注視達也雙眼，宣告判決結果。

「這樣也會令深雪暴露在危險之中。你當時是否有想得這麼深入？我可不這麼認為。」

◇◇◇

達也回家時，已經是換日之後的凌晨兩點。

大家應該睡了吧。如此心想的達也遙控解除保全系統，靜靜打開玄關大門。

「哥哥，歡迎回來。」

深雪跪在門後等待。

「啊……嗯。我回來了。」

出乎預料的迎接，使得達也不禁結巴。

深雪以令人忍不住看到入迷的優雅動作行禮，然後抬頭露出笑容起身。

「您累了吧？要不要先洗澡？還是先用餐？還是……」

「謝謝。我先洗澡吧。餐點幫我準備簡單的東西就好。」

唯獨深雪應該不會說出「還是我？」這種粗俗的玩笑話，但達也莫名覺得氣氛怪怪的，所以中途就打斷了妹妹的話語。

「遵命。」

回應的人是在深雪說到一半時現身的水波。那張看似不滿的表情，大概是因為被深雪搶先迎接吧。

還沒睡的不只是她們兩人。

「達也哥哥，辛苦了。」

「達也先生，這麼才晚回來，辛苦了。」

今天起要住在家裡的文彌與亞夜子也從客廳現身。

「你們這麼晚都還沒睡……？」

聽到達也傻眼地詢問，深雪不知為何挺胸。不，並不是真的挺胸給達也看，但她醞釀出這股氣氛。

「哥哥正在勤快工作，我怎麼能自己一個人跑去睡呢。」

「深雪姊姊，這樣聽起來好像年輕太太喔。」

在亞夜子吐槽之後臉紅的，是文彌。

深雪只有開心地微笑。

叫她們「早點睡」也沒用吧。達也如此判斷之後，迅速前往浴室。

達也將武器與戰鬥服和一般換洗衣物分開，仔細清除血漬與髒汙之後，便換上運動服與長褲進入飯廳。

深雪、文彌與亞夜子坐在飯桌旁邊的椅子上，水波則站在深雪旁邊。

達也一坐下，水波就立刻端三明治過來。

大概是考量到時間是深夜，水波遞出一杯花草茶詢問：「準備這樣的餐點可以嗎？」達也則點頭回答：「很夠了。」

然後，達也依序看向注視他的三人臉龐。

「任務失敗了。」

達也喝口花草茶，在拿起三明治之前對三人……不，是對著包括水波在內的四人這麼說。

達也以外的所有人倒抽一口氣。

他們還說不出話的這段時間，達也吃掉了第一塊、第二塊三明治。

「那個，哥哥，您說失敗，是指被顧傑……」

被顧傑逃走了嗎？深雪無法將這句話說完。

達也吞下最後一塊三明治，轉頭看向深雪。

「不，已經確認顧傑死亡了。」

達也的回答，使得深雪露出安心的表情。文彌與亞夜子緊張到繃緊的臉也放鬆了。

「是他強烈抵抗，才不得已只好殺掉嗎？那麼應該不算是失敗吧？我認為讓他活著服刑確實是最好的結果，但姨母大人的要求是『不問生死』……」

「不，不是那樣。」

深雪以不安的眼神注視搖頭回應的達也。文彌與亞夜子以不得要領的表情相視。

「顧傑被USNA的魔法師殺掉，連屍體都不剩，因此無法對世間告知『這個人是恐怖攻擊的主謀』了。如今市民只能就這麼不知道誰是恐怖攻擊的主謀，甚至不知道主謀是生是死。」

「可是，恐怖攻擊的幕後黑手是名為顧傑的前大漢魔法師，而且顧傑死了吧？既然這樣，事件不就算是解決了？」

亞夜子說完意見，達也再度搖頭。

「顧傑是恐怖攻擊主謀的『客觀證據』一個都沒有。我們知道顧傑是幕後黑手，但是世間無從得知。即使可以斷定顧傑是主嫌，可是既然連屍體都不剩，就無法拭去『這個人或許活著』的不安。」

亞夜子露出頓悟表情，文彌也緊閉著嘴注視達也，兩人的反應成為對比。達也的視線從這對雙胞胎姊弟移向深雪。

深雪只對他投以關懷的眼神。

「這次任務的目的，是要讓世間看到恐攻事件由我們魔法師親手解決。既然讓市民留下不安，我不得不說任務失敗了。」

令人喘不過氣的沉默覆蓋飯廳。

達也喝光花草茶，將杯子放在桌上。深雪如同被清脆的碰撞聲引導般，開口說：

「即使人們感到不安，我依然知道事件已經解決。我也知道是哥哥的實力將顧傑逼入絕境。而且……」

深雪以更堅定的態度注視達也。

「哥哥平安回來了。這是我最高興的事。」

深雪朝達也投以美麗的笑容。她的笑容無法以「如花似玉」這種比喻表現，只能形容為「美麗」。

「哥哥，您辛苦了。」

深雪以這張笑容慰勞達也。

◇◇◇

後來，達也與深雪馬上各自回到臥室。

水波也將餐具交給HAR，離開飯廳。

達也說他在家就不需要值夜，使得文彌與亞夜子一邊質疑自己待在這個家的意義，一邊各自在分配到的寢室裡那兩張床上躺好。

「……文彌，還醒著嗎？」

文彌正要打起盹的時候，亞夜子對他說話。

「……醒著。姊姊，什麼事？」

即使被妨礙入睡，文彌的聲音中依然沒有不悅。

「嗯……其實也不是有什麼事。」

「睡不著？」

文彌的這個詢問，換來微微苦笑。

「這麼說來，我們好久沒像這樣一起睡了。」

兩人從以前就是眾所皆知的和睦姊弟。不只是表面看起來如此，文彌與亞夜子是真的感情很好。他們現在也是會相互拌嘴，對彼此最能打開心房。

上次這樣同房就寢是小學時代的事。身為這個年紀的男女，要說彼此完全不抗拒是假的。即使如此，像這樣並排躺在床上，還是令文彌與亞夜子都覺得回到不用在意性別的童年時代了。

「是啊。聽到要和你同房的時候，老實說我不太願意，但現在我反倒覺得可以向達也先生道謝了。」

這次輪到文彌回以微微的苦笑。

「說到達也哥哥，他難得看起來那麼沮喪……不過好像多虧深雪小姐，就恢復精神了。我覺得真是了不起。感覺他們那樣與其說是兄妹，確實更像是未婚夫妻。」

「真受不了他們啊……」

聽到文彌這番話，亞夜子不是以一如往常的大小姐語氣，而是以極為平凡的女孩子語氣輕聲說道。

「文彌也看到了吧？深雪姊姊的那張笑容。我沒辦法露出她那樣的笑容。」

如果這番話出自嫉妒，文彌可以消遣或是規勸。但姊姊這番話是出自真心，文彌一時之間想不到如何回應。

「我想臉蛋原本就漂亮當然是原因之一吧……但光是這樣，也無法露出那麼美麗的笑容。深雪姊姊對達也先生有多專情……我覺得對達也先生說再多的甜言蜜語，也比不上那張笑容。」

亞夜子微微嘆氣。

靜悄悄地，避免文彌聽見。

然而，文彌沒聽漏這聲寂寞的嘆息。

「就是因為這樣，達也先生才能恢復精神吧。」

亞夜子閉上雙唇。

文彌在沉默變成寂靜之前回應。

「我很清楚深雪小姐是美女，但姊姊也不落人後喔。」

「……我不太覺得你在稱讚我。」

「不是客套話啦。客觀來看，姊姊是美女喔。」

「……總覺得你是用高姿態評論我，是我多心了嗎？」

「沒那種事。在第四高中，也有很多男生說想和姊姊交往。」

「……還在講這個？那我也要講喔，『小闇』。」

文彌岔氣的聲音傳入亞夜子耳中。

亞夜子輕聲一笑，愉快地說下去。

「客觀來看，『小闇』也是美少女耶。因為，即使是只知道小闇『女扮男裝』模樣的那些人，也會暗中討論如果小闇是女生就怎麼樣之類的。」

「我不是女扮男裝啦！」

「雖然我沒這種興趣，不過某些女生喜歡男生之間特別親密的小故事，我好幾次聽她們聊到小闇喔。他們會討論誰和『文彌』最登對。」

「我也沒那種嗜好！」

大概是至少明白在半夜大喊會吵到別人，文彌克制音量喊完，就背對亞夜子。

「晚安！」

文彌在被窩裡縮成一團。

亞夜子輕聲笑了一陣子之後，便懷抱謝意地對文彌回了一句「晚安」。

◇◇◇

緝捕、獵殺顧傑失敗的夜晚迎接天明。

二〇九七年二月二十日。達也和八雲與他的徒弟造訪千葉家。

目的是移送千葉壽和的遺體。

以「爆裂」破壞了稻垣屍體的將輝也說要同行，但八雲說「我們不是去道歉，是去說明案情」，讓他打消了念頭。

深雪這邊，達也只說要出門為事件收拾善後，並且吩咐她和文彌、亞夜子、水波不要出門。

他們現在大概正在和樂融融地玩遊戲吧，又或許在享受製作點心的樂趣……但也可能是唯一的男生文彌被三個女生逗著玩。

關於這趟訪問，今天早上已經知會過千葉家，也有在那時候大致告知來意。

迎接載著壽和遺體的廂型車入內時，千葉家籠罩著憂鬱的氣氛。

「請節哀順變。」

下車的八雲不是以僧侶身分，而是以社會人的身分，向前來迎接的人們弔唁。

「小犬造成各位莫大的困擾了。」

深深低頭致意的是千葉家當家——壽和的父親千葉丈一郎。雖然年過五十，卻是肌肉結實的壯漢，完全感受不到身體功能衰退。不過果然還是因為喪子在消沉吧，他的身體看起來比實際上小一圈。

八雲的徒弟抬出壽和的遺體。臉依然是蓋著的，但大概是只看體格就認出來了，一名身穿黑色和服的女性出聲哭泣。如果達也記得沒錯，她是壽和的姊姊早苗。

除此之外，前來迎接的人們之中也有幾個是達也的熟面孔。他們是以身為千葉家高徒而聞名的豪傑們，但是眼眶同樣噙淚。

千葉壽和的弟弟「千葉的麒麟兒」千葉修次不在場。聽說他們兄弟感情不太好，但應該不是基於這種理由沒露面，推測是因為研修之類的原因不在家。

達也最後看向待在迎接隊伍最邊緣的艾莉卡。老實說達也不想見到她，卻也不能移開目光。因為今天來到這裡的最大目的，就是和艾莉卡談談。

「請進。」

丈一郎轉身入內，門徒也從八雲徒弟那邊接過壽和遺體的擔架跟上，接著八雲、達也依序進入主屋。

遺體被運進壽和自己的房間，現在躺在被褥上。以單身男性的標準，他的房間整理得意外乾淨。不對，這樣的形容稍顯不當。桌子、衣櫃、刀架與一把刀。三坪大的和室只放這些物品。

八雲與他的徒弟也沒有誦經。法事應該會在千葉家的宗祠進行吧。再說，八雲的徒弟根本沒進入主屋，而是在廂型車上等待。

八雲與達也在會客室和丈一郎面對面。他們不是坐在彈性佳的沙發上，是在榻榻米上放一張座墊。八雲與達也都不以正坐為苦倒還好，但是這個家的作風，想必會讓不習慣坐榻榻米的現代人吃不消吧。

「這次真的造成兩位的困擾了。請容我再度致上歉意與謝意。」

丈一郎雙手按著榻榻米，深深低頭致意。坐在旁邊的艾莉卡也一樣。

千葉家這邊只有艾莉卡一起來到這裡。八雲與達也都知道丈一郎喪偶，也已經確認修次不在家。早苗則留在壽和房間，她肯定還在哭泣。和眼眶完全沒泛淚的艾莉卡完全相反。

艾莉卡穿著第一高中制服這一點，也和身穿喪服的早苗成為對比。雖說制服是正式服裝，所以不成問題，但是家人辦喪事的時候，綠色上衣與白色連身裙還是令人感覺突兀。順帶一提，達也穿黑色西裝。

「我們在相當特殊的狀況下見證了令郎的最後一面，認為最好對千葉先生做個說明，才登門明擾。」

八雲如此回應之後，丈一郎再度低頭。這次是微微點頭致意。

「請務必告訴我。老實說，我腦中一片混亂。」

「我明白您的感受。」

八雲以此作為開場白，說明千葉壽和的遭遇。

推測是箱根恐攻事件主謀的前大漢古式魔法師抓住壽和，製作成傀儡。

昨晚追緝嫌犯時，壽和襲擊了追緝的部隊。

身為追緝部隊一員的達也和他交戰之後，打倒了他。

其實和達也戰鬥的時候，壽和已經死亡了。

「……我們已經進行一整晚的解咒儀式，邪法的影響應該清除了。」

八雲說明完畢之後，丈一郎閉上雙眼。

看得到他放在大腿上的拳頭不時顫抖。

「……各方面都受您照顧了。」

終於張開雙眼的丈一郎，沒對達也等人露出內心慌亂的痕跡。

談完之後，千葉家招待八雲與他的徒弟喝茶。丈一郎原本也想邀請達也，但達也先被艾莉卡帶去道場了。

丈一郎沒責備女兒這種會被認為很失禮的行為。因為他察覺達也本人也想和艾莉卡談談。

道場空無一人。壽和發生那種事，會中止訓練可說是理所當然。

艾莉卡走到道場中央，直接坐在木質地板上。

達也也坐在她的正對面。

「由衷感謝你帶哥哥回來。」

艾莉卡突然深深低下頭。

並在達也回應之前抬起頭，以視線射穿他的雙眼。

「希望你能告訴我一件事。」

遣詞用句一如往常。然而，堅毅的聲音卻和往常不同。

「把笨老哥改造成傀儡的魔法師，抓到了嗎？」

「笨老哥」這個稱呼隱含著憤怒。這反而凸顯她的悲傷。

「死了。連屍體都沒能回收。」

「這樣啊……」

艾莉卡咬緊牙關。

沒聽到咬牙切齒的聲音，反倒讓達也覺得不可思議。

「那麼……」

艾莉卡煎熬地硬是擠出這句話。

「我報仇的對象就變成你了對吧。」

「是啊。」

達也以一句話包容艾莉卡這個不講理的藉口。

因為達也認為最後打倒千葉壽和的，無疑是達也自己。

看到達也同意，反而是艾莉卡亂了陣腳。

「……不能用你的魔法想想辦法嗎？」

艾莉卡知道達也的「重組」需要代價。

她明白沒道理要求達也負擔這種代價。

她理解壽和是以自己的生命支付自己失算的代價。

但她還是如此詢問。

「我沒辦法讓死者復活。」

達也回答的語氣十分平淡。

當中完全沒有罪惡感。

照邏輯來講，達也不必抱持罪惡感。這是理所當然的。即使如此，艾莉卡還是忍不住對達也無情的態度動怒。

「——司波達也！和我打一場！」

艾莉卡單腳踩著地板準備起身。

達也的迴旋踢掃向她的身體。

艾莉卡被踢到牆邊。

艾莉卡撐著牆壁起身，拿起掛在牆上的木刀，轉身面向道場中央。

達也以放下雙手的自然姿勢看著艾莉卡。

艾莉卡正握木刀。

達也如同就是在等待這一刻般，踏出腳步。

他似乎不在意攻擊間距，以不快不慢的速度走向艾莉卡。

「喝啊！」

艾莉卡高舉木刀。

達也沒停下腳步。

艾莉卡揮下木刀。這一刀只憑蠻力，沒有平常的犀利。

達也單手抓住了揮下的木刀，固定手臂，以身體中軸的力量，將木刀連同艾莉卡整個人一起甩動。

艾莉卡禁不住甩動，放開木刀。

當她摔到地面，翻身跪地想要起身時，木刀的尖端已經指著她了。

達也將搶來的木刀朝向艾莉卡。

「甘拜……下風。」

認輸的艾莉卡淚水決堤。她雙手撐著地面，就這樣低著頭嗚咽哭泣。

一直到艾莉卡哭完，達也都站在她的面前。

不知為何，這段時間完全沒人過來。

「……女生在哭，好歹給一條手帕啦。」

達也在苦笑的同時，朝艾莉卡遞出手帕。

「不用還了。」

「真是謝謝你啊！」

艾莉卡以達也給的手帕擦淚擤鼻，大概光是這樣還不夠吧，她還用制服衣袖擦眼睛。

「……哪有人那樣的？如果是真刀，你的手就被砍斷了。」

艾莉卡突然開始抱怨。似乎想計較達也剛才空手抓木刀的刀身。

「那是木刀。」

達也看著比試結束後就這麼扔在地上的木刀苦笑。

「唔……你剛才居然劈頭就踢我！」

「當時比試已經開始了吧？」

「唔唔……」

艾莉卡發出不甘心的低吟。這副模樣是一如往常的她。

她以哭腫的雙眼，以擺脫心魔般舒暢的眼神，詢問達也。

「——達也同學。笨老哥難纏嗎？」

「嗯。千葉壽和即使淪落為傀儡，依然很強。」

「這樣啊……居然能得到你的稱讚，這種悼辭也太看得起笨老哥了。」

艾莉卡說完，便轉過身。

達也沒有對剛才害得比試告吹道歉。

艾莉卡也不打算要求達也道歉。

◇　◇　◇

八雲被丈一郎及他的高徒目送離開千葉家之後，在廂型車上露出壞心的笑容，朝坐在一旁的達也搭話。

「我還以為你回來的時候，至少會在臉頰留下一個巴掌印呢。」

「就算故意挨打，艾莉卡也不會接受的。」

「原來如此。就算是女生也流著武家的血統是吧。」

八雲發出「咯咯咯……」這種壞蛋般的笑聲好一陣子。

「今天接下來有什麼打算？」

然後他如此詢問達也。

「我要先回家一趟，再前往本家報告。」

「要專程過去？不是打電話？」

「是的。我想灑脫地去挨一頓罵。」

「我認為你不會挨罵就是了……」

四葉家的贊助者——東道青波委託八雲「監視司波達也，以免他做得過火」。在昨天的任務過程中，八雲的首要原則是介入事件，以免達也與深雪更受USNA的注意，但也在東道委託的範圍內。

也就是說，這個結果符合贊助者的意願，沒有挨罵的要素。

但是達也不知道這件事。即使知道東道青波這個贊助者的存在，也沒見過面，甚至還不知道長相。

這讓八雲講話不得不含糊一點。

「其實我也認為姨母不太在意。不過這種事情必須注重形式。」

「也就是做出『主動前去請求原諒』的樣子嗎？你也很辛苦呢。」

達也不發一語，以苦笑回應。他反射性地認為自己確實比八雲辛苦，卻也明白講出來只是自尋煩惱。

「不向風間報告嗎？」

「今天光是來回本家就沒有餘力了，我明天再過去。」

「這樣啊。辛苦了。」

之後沒有多聊什麼，達也就在自家門前下車了。

◇　◇　◇

達也對八雲說要去本家，實際卻是前往橫濱的魔法協會關東分部。他造訪本家之前有先打電話確認是否方便，而本家告知真夜在魔法協會，要他直接過去。

達也留下水波看家，帶著深雪、文彌與亞夜子三人前往橫濱港灣高塔。雖然這麼說，但達也不是希望三人陪他來，而是無法拒絕她們（主要是深雪）同行的要求。

四人抵達魔法協會關東分部之後，被帶到最豪華的會客室。看來晚點要以通訊線路開師族會議，除了真夜，弘一、克人與七寶拓巳都來到了關東分部，不過真夜似乎以女士優先為理由，贏得了這個房間的使用權。

「哎呀，你們都來了啊。歡迎。」

真夜以這番話迎接以達也帶頭被帶入會客室的四人。她坐在沙發，葉山則一如往常以一絲不苟的模樣站在她身後。

達也在受邀坐下之前，先在真夜面前深深鞠躬。

「母親大人。」

達也意識著這裡是魔法協會，以表面上的家族關係對真夜開口。

「本次的事件沒有辦妥，對不起。」

真夜以笑容接受達也的道歉。

「我聽過昨天的事情原委了。我認為那樣是在所難免，所以你也不用在意了。」

「謝謝。」

達也行禮之後，這件事就此結束——這個社會可沒讓達也這麼好過。

「很遺憾沒能回收顧傑的屍體……但他確實死了吧？」

「是的。」

真夜已經以「不用在意」原諒達也了，但她還想表達什麼？

達也克制戒心，點頭回應。

「是怎麼確定顧傑死亡的？事後或許有人會這樣問，所以我先問清楚，以防萬一。」

這不是需要保密的事。

「我昔日被周公瑾的鬼門遁甲耍得團團轉，經過這個教訓，我研發了追蹤用的魔法。」

「但你似乎直到昨天都苦於找不到人啊。」

達也心想，或許真夜懷疑他放水。

「使用條件有限，直到昨晚才終於能用在任務上。」

就某方面來說，這確實是放水。但原因在於有更重要的任務要完成。達也不是在辯解，是由衷這麼認為，所以語氣中毫無愧疚。

「條件？什麼條件？」

但達也無法回答這個問題。即使是他，也沒有超然到能夠面不改色地回答「自己必須緊緊抱住深雪才能使用」。

「……這是一種感覺，所以很難說明。」

達也明知會引人起疑，還是含糊帶過。

「哎呀，真難得。算了。反正偶爾也是會有這種事的吧。」

真夜愉快地笑著。她的視線不是朝向達也，而是達也斜後方臉紅的深雪。

她或許從深雪的表情，察覺到達也隱瞞的「條件」。

「方便再問一個問題嗎？」

「請儘管問。」

真夜至今明顯享受著將達也逼入絕境的樂趣。

然而在這時候，真夜的笑容卻混入冰涼的刀刃。

「千葉壽和這麼難纏？」

「……您說『這麼』的意思是？他確實是強敵沒錯。」

「沒有啦。因為對方只在近戰距離有攻擊手段，而且沒帶自己專用的特殊武裝演算裝置，應該沒能發揮真正的實力，但你似乎花了不少工夫應付。」

達也感覺背脊冒出冷汗。

確實，如果當時沒對壽和抱持多餘的同情心，就可以更早打倒他。若沒因為無謂的好奇心而迷惘，就不會浪費時間。

若是批判達也因而沒逮到顧傑，達也很難徹底否定。

「對方或許沒能發揮原本的實力，但千葉壽和的屍體被顧傑施加術式，可以暫時增強魔法力。雖然這是推測，不過應該沒錯。」

為了隱瞞這一點，達也說出原本不打算報告的細節。

「暫時增強魔法力？」

真夜的眼神變得銳利。

「無頭龍的魔法增幅器，是依據顧傑的屍體操作術開發的……是相同類型的技術嗎？」

達也察覺自己失算，但事到如今，也無法裝傻了。

「應該不是。看起來不像是需要外加裝置輔助。」

「那你認為是怎樣的東西？」

「……假設生命能量確實存在，那麼這個術式大概是在殺害對象之後抽出生命能量，把屍體當成儲存槽，將能量轉換為操作想子的控制力。」

「生命能量啊……有趣。那，這個魔法是利用刻在屍體心臟發動的吧？所以你才會消除千葉壽和的心臟，對不對？」

「——母親大人明察秋毫，在下自嘆不如。」

「在鎌倉沒觀察到這個魔法，也是因為你先分解了『施法器』的心臟嗎？」

「或許如此。」

達也沒察覺這個可能性，但是聽真夜如此指摘，就覺得確實有可能。

「魔法增幅器是對大腦加工的魔法裝置。你遭遇的是以心臟為媒介的魔法力增幅術式。我們研究魔法的時候總是注意精神領域，不過肉體似乎也隱藏著深入理解魔法的關鍵呢……」

真夜雙眼亮起詭異的光芒。這是瘋狂科學家的目光。

拜託別進行人體實驗啊……達也在內心如此祈禱。

不知道是祈禱成真，還是真夜感應到自己被起疑，她突然恢復了「正常」。

「喔，對不起，我沒察覺。達也、深雪、文彌、亞夜子，你們都請坐。」

真夜指示四人坐下，頭也不回就吩咐葉山。

「葉山先生，麻煩幫他們準備茶水。」

「遵命。」

至今如同雕像般靜止的葉山，在恭敬回答之後微微行禮。

達也接受真夜「偵訊」的時候，另外三人處於連呼吸都很困難的狀態。

充斥於兩人之間的緊張感消失後，深雪等人喝著葉山提供的紅茶，覺得自己活回來了。

但現在鬆懈下來還太早。

「我想你們已經察覺了，等等要用通訊網路開師族會議。」

這件事本身沒什麼意外可言。不只是達也，另外三人也都已經察覺。

線上師族會議有兩種方式，十師族可以從自家連線開會，或是到最近的魔法協會進行。一条家與二木家距離京都總部不遠，而在東北、四國與九州，即使沒有關東分部這麼氣派，也有分部可以用來開線上會議。

如果只有弘一與克人，也可能是要為昨天的事件善後而來到這裡，不過既然連七寶拓巳都來了，自然會推測是要召開臨時的師族會議。

「再來只要三矢閣下抵達，就可以立刻開始了。」

「除了顧傑的事後處理以外，還有發生什麼問題嗎？」

達也問完，真夜有點裝模作樣地嘆氣。

「反魔法主義運動不是愈演愈烈嗎？至今都是激進派市民不當攻擊魔法師的情況，所以扔著不管也沒關係，但是……」

真夜瞥向達也。

「要是攻擊魔法師的其實是那個『Blanche』的下層組織，而且厭惡魔法師的激進派卻使用了魔法……這麼一來，一無所知的人們會認為這是魔法師內部的抗爭。如果世間認為普通市民是被無辜殃及，我們魔法師的立場會變得更差。」

達也不禁差點發出呻吟。

真夜說的肯定是前天達也在第一高中附近修理的「Egalite」餘黨。

那名男性不是魔法師，只不過是被利用為魔法的中繼點。

但是無法證明這一點。甚至連解釋都近乎不可能。

箱根恐怖攻擊事件，因為顧傑的死而落幕。

但他播下的惡意種子，確實即將開花結果。

（下一章〈動亂的序章〉篇待續）

「以上就是關於箱根恐怖攻擊事件的報告。本次輕易容許USNA軍介入我國事件，在下認為國防軍必須認清事情的嚴重性。」

「……這是貴官以十師族角度抱持的想法嗎？」

「不是。中校，這是在下自己的想法。」

「知道了。本官也認為特尉的意見正確，會向旅長閣下建議。」

「是。那麼在下告辭了。」

國防陸軍一〇一旅獨立魔裝大隊隊長風間玄信中校，就這麼坐在辦公桌前面送走部下——本名司波達也的非公開戰略級魔法師大黑龍也特尉，然後雙手交握，閉上雙眼。

平常就讀魔法科高中的達也今天之所以造訪獨立魔裝大隊，是為了報告前天晚上因為主謀死亡而姑且算是落幕（絕對不是「解決」）的箱根恐怖攻擊事件詳情。

恐怖攻擊事件主謀昔日躲在座間基地附近承包國防軍工作的醫院，達也前去逮捕主謀時，有向風間申請使用指定為軍事機密的魔法，他大概是基於這個原委而認為必須前來報告吧。逮捕恐怖分子並非軍方任務，其實不用來報告也無妨，但是風間也很感謝能因此聽到當事人說明。

對於達也來說，這個事件不是軍方的任務。不過獨立魔裝大隊也並非完全和這個事件無關。風間他們為了引出躲藏在國內的國外敵對勢力支援者，有暗中協助警方搜查。

風間他們也有掌握到ＵＳＮＡ軍的介入。達也之前就預告過座間將會發生戰鬥，所以當然早就在監視了。ＵＳＮＡ的正規部隊只在當時行動，不過後來非正規特工的猖獗行徑，他們其實也有一定程度的了解。

若是獨立魔裝大隊協助達也搜查，箱根恐怖攻擊事件或許能更早「解決」。很可能不會讓顧傑逃到公海，至少也能留下屍體。

最重要的是——應該可以避免兩名能幹的警官犧牲。

不能斷言這不是風間自以為是。一切都是「假設」的世界。

實際上，風間他們沒有積極著手解決事件，最後恐怖攻擊的主謀被ＵＳＮＡ軍的魔法師埋葬在黑暗之中，千葉壽和警部及其心腹在搜查過程喪命，犧牲在侮辱死者的邪法之下。

風間之所以覺得難受，是因為他無法斷言自己不必為發生在千葉警部與稻垣警部補身上的悲劇負責。即使風間他們沒有介入，兩名警官應該也會前去造訪死靈術（屍體操作術）魔法師，踏入死亡陷阱。

但這也是假設。

事實是國防軍引導千葉警部前往邪法師的住處。即使風間不在意，他的副官也會在意吧。因為藤林中尉曾經擔心千葉警部的安危，主張應該積極參與解決這個事件。

◇◇◇

藤林中尉受到了打擊。她感受到超乎自己預料，可說是預料之外的震撼。

關於大黑特尉對箱根恐怖攻擊事件的口頭報告，隊長風間中校有將報告的錄音檔交給她，要求整理成文件。大黑特尉——也就是達也的口述整合得有條有理，完美到感覺光是直接以語音辨識文書機轉換就可以完成報告書。如果只論難度，文書化的工作很快就能結束。

但她至今連一個字都打不下手。早知道就別抱著先把整份報告聽一遍的念頭了……她如此後悔。因為如果工作是分段進行，應該至少可以裝出在工作的樣子。

藤林沒心情重聽錄音檔。沒勇氣再聽一次。

用不著這麼做，達也的聲音也縈繞在耳際。

——千葉警部被顧傑奪走生命之後，就被改造為傀儡和在下戰鬥。

——千葉警部被抓的地點，推測是顧傑的協力者，古式魔法師近江圓磨的住家。

藤林記得近江圓磨這個名字。她大概永遠也忘不了了吧。因為千葉壽和警部等同是由她安排造訪近江的住處。

利用箱根恐怖攻擊事件的搜查任務，讓警察造訪疑似和前大漢魔法師開發機構崑崙方院餘黨串通的魔法師，再從對方的反應清查協力者。這是旅長佐伯少將的點子。藤林透過風間依照佐伯的指示，協助將嫌疑人名冊散布給情報販子。

只不過，千葉壽和「中籤」純屬巧合，不是藤林唆使的。藤林反倒有提醒壽和「聽說近江圓磨和大漢出身的魔法師掛勾」。沒能活用這個建議是壽和的責任。

藤林也明白這一點。

她之所以放不下，是因為她曾和壽和有段私人交流。

二〇九五年秋天，橫濱事件爆發前不久。

為了掃蕩入侵南關東的大亞聯盟特工，藤林與壽和並肩作戰。

雖然最後沒能防止大亞聯盟侵略，卻先成功逮捕許多特工與幫手。

藤林與壽和還一起喝酒慶祝。舉杯慶祝之前，兩人也曾經一起在夜晚上街搜查。

這段記憶如今占據意識一隅。明明一直到最近都忘記了，卻因為再度遇見壽和，而忽然成為歷歷在目的回憶。

藤林與壽和不是情侶。

也沒有男女關係。

只以客觀事實來說，他們的交情只不過是因工作所需而約會過兩三次，比素昧平生熟悉一點罷了。

藤林認為對方應該也這麼想。

壽和甚至不知道她晉升為中尉。這終究是成年人之間的交際，肯定只是做個樣子。

這種想法本身就證明了藤林其實對壽和有意思，但她還沒察覺。

藤林是聰明的女性，但缺乏戀愛經驗。

她是古式魔法名門藤林家的千金，家長已經幫她選定了未婚夫。她還沒升上國中，就和這名兒時玩伴訂婚了。

學生時代的她比現在還正經八百，那時她因為自己已經有未婚夫，就不和其他男性交往。同年紀的兒時玩伴與其說是男友更像家人，所以即使跟他在一起，也沒有臉紅心跳的戀愛感覺。

藤林只覺得今後將和這個人成為真正的一家人，自然而然地接受這個事實。

她的未婚夫是個個性溫和的男性，且在升學就讀防衛大學之後進入國防軍。藤林沒阻止他。她身為魔法師的名門，「盡忠國家是理所當然」的價值觀根深柢固，頂多只是笑著打趣說「這不適合你，就打消念頭吧？」。部分原因也在於未婚夫選擇成為技術軍官，自以為不會上前線。

未婚夫的專長是索敵魔法系統，第一個分發的單位在沖繩。

他在那裡喪命。

二〇九二年，大亞聯盟冷不防地侵略沖繩。他在當時的防衛戰中捐軀。

原本在三個月後就要舉行婚禮。

藤林後悔了。後悔為什麼當初沒有認真阻止他從軍。

一直走研究路線的她突然改走軍官路線，這份心態變化很難以解釋。

是想報復奪走未婚夫的敵人？

是想繼承未婚夫的職責？

是想藉由置身於和未婚夫相同的立場，藉以安慰自己？

還是想從奪走未婚夫的軍方內部展開報仇？

無論如何——藤林都忘不了死去的未婚夫。

後來她和數名男性交往過，但是都沒有持續太久。

這幾年，家裡鍥而不捨地催促她相親，她都以任務為理由拒絕。

國防軍基本上陽盛陰衰，不過大概是她過於優秀反令人卻步，沒有男性追求她。

目睹她的能力依然沒畏縮，也非看準她是名門千金才追求……藤林很久沒遇見千葉壽和這樣的人了。

除了戰死的未婚夫，他或許是第一人。

——啊……這就是原因嗎？

藤林這麼認為。

她察覺了。

所以自己才會如此亂了分寸。

藤林昨天就收到了壽和死亡的消息。當時能夠保持心平氣和，是因為還沒實際感受到他已經死亡。

和昔日一開始聽到未婚夫死訊時一樣。

直到參加沖繩舉辦的聯合葬禮，在陣亡者遺照中發現他的照片，才實際感受未婚夫的死。同樣的，一直到聽見達也說明壽和死亡的樣子，自己才終於實際感受到他的死——藤林這麼認為。

而且還受到此等打擊。心亂如麻。

藤林認為自己總是做得太晚。

太晚阻止未婚夫從軍。

太晚阻止千葉壽和接近近江圓磨。

總是在失去對方之後，才察覺自己的心意。

——察覺自己深愛著未婚夫。

——察覺自己對千葉壽和抱持好感以上的情感。

藤林深深、深深地嘆氣。
她沒有掉淚。她的內心沒有悲傷，只有後悔。
藤林面向終端機，著手製作報告書。

（完）

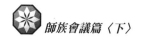

The irregular at magic high school

一条將輝轉學日記

二〇九七年二月十日（日）

我現在是在東京寫這篇日記。不是在飯店，是在一条家的別墅。

既然是十師族，至少要在東京有間房子。老爸十幾年前以這個莫名其妙的理由蓋了這間房。記得當時年紀還小的我覺得「應該沒什麼用吧」，而實際上也真的是沒什麼用。只是擁有房子，卻幾乎沒使用。再說，東京這種地方現下已經可以輕鬆當天來回，而且鮮少有事情必須在東京連日處理。

尤其在五年前的佐渡侵略事件之後，老爸就真的很少離開家鄉了。如今老爸與老媽完全不會同時不在家。既然只有老爸一個人去東京，住飯店應該方便得多吧。只要請魔法協會幫忙，保全方面應該也是萬無一失。

所以，我曾經有一次很認真地向老爸提議賣掉東京的房子。老爸的回答是「就算要賣，也有各種必須拆除處理掉的東西，很費工夫」。真是的，就是因為心血來潮衝動行事，才會為了善後所苦啊。

不過，未來真的難以預測。我居然會暫時在這間房子，也就是在東京的這間別墅生活。

但我對於在東京生活沒什麼不滿。

想到我前來這裡的原因，抱持這樣的心態或許輕率，但我有點興奮。

我之所以暫時獨居，是因為我以十師族一条家長子的身分，肩負一項任務。

這項任務就是逮捕造成卑劣恐怖攻擊事件的主謀。

這個月的五號，舉辦師族會議的箱根飯店遭遇炸彈恐怖攻擊。那個事件造成二十二人死亡、三十四人受傷。以十師族為目標，卻害得這麼多無辜人民傷亡，犯下這種滔天大罪的凶手絕對不可原諒。即使沒接到任何命令，我也沒辦法作壁上觀吧。我反倒感謝這次受命搜索主謀，也覺得師族會議決定選我是我的榮幸。我會傾注心力來完成這項任務。

我在恐怖攻擊當天就被告知這項任務，但是終於要正式著手進行的時候，就覺得身心都上緊了螺絲。

這項重要的任務當前，思考這種事果然很輕率吧。所以我只在這裡誠實面對自己。絕對不會在他人面前露出這種興奮心情。

我從明天起就要去讀第一高中。這都是多虧前田校長拜託一高的校長。

我得以和那個人在相同的校舍裡共度高中生活。

即使只是短短一個月的期間，我依然期待得不得了。

二〇九七年二月十一日（一）

這不是夢吧？
居然和那個人同班！

冷靜。我要冷靜下來。
回歸正題。
今天是就讀第一高中的首日。
之所以不是轉學或編入，是基於有點複雜的隱情，應該說機制。
老爸當初打算委託前田校長，讓我在因為任務而不得不缺席的這段期間改以公假處理。預定搜索的區域是關東南部到伊豆地區，所以我無法到三高上學。只是一兩天的話並不是辦不到，但持續一兩週，就真的很勉強了。
老爸也真的去拜託校長了。
不過事情沒這麼順心如意。

這是當然的。再說，十師族並不是公職，所以師族會議決定分派的工作當然也不是公務。如果缺席理由不是公務卻當成公假，十師族的相關人員就可以盡情曠課了。

那個校長不可能認同這種事情發生啊。

只不過，前田校長並非是個只會嚴以待人的人。我這麼說似乎有點囂張，但我們三高學生都知道校長這個人嚴厲又重情義。她在某方面上似乎把高中生誤當成新兵管理了，但她真的很照顧學生。面對因為教師嚴重缺乏而無法接受實技指導的普通科學生，她也會巧立娛樂消遣或野外活動等名目親自指導。

這次她也為了我一個學生費心。應該和「我是十師族直系」或「和老爸交情甚篤」這種事無關。前田校長大概是明白我肩負的工作很重要，才向一高的百山校長低頭懇求，使我免於擔心其他事情吧。

於是我成為特例，在一高上三高的課。這個時代的課程並不是由教師站在講台上對全班授課，而是以個別的終端機配合各學生的步調進行。不過就算是依照自己的步調，當然還是有限度。如果一年內沒能學到既定的進度，該科目就不及格。

魔法科高中的室內課也一樣，魔法專業科目與普通教養科目都以個別的終端機進行。所以雖然不能實習與實驗，不過如果是室內課，即使不用上學也能聽講。原理上是這樣沒錯。

只是在這裡會發生一個問題，也就是魔法相關的專業科目傳授的知識包含一些機密。學生為了寫作業而帶回家的資料，也有加上嚴格的輸出限制，無法寫在網路上。喬治曾經試著破解保護機制，結果不只沒破解，還被校方發現，而遭到教頭一頓臭罵。所以基本上，高中生應該無法破解吧。

此時前田校長注意到了魔法科高中與魔法大學的封閉網路。魔法大學與各魔法科高中有透過對外封鎖的網路傳輸資料，魔法科高中能夠閱覽魔法大學的文獻也是使用這個機制。

於是前田校長就和百山校長協調，讓一高的學生終端機能夠經由魔法大學連結三高上課用的伺服器。這麼一來，我就能在一高上三高的課。

實習與實驗則改在春假以補課的形式進行。讓假日泡湯也是無可奈何啦。這是避免我落第的特別處置，所以我不能奢求什麼。

這麼說來，在百山校長的好意之下，我也得以參加第一高中的實習與實驗課。雖然不列入學分，但是能參與別校課程是罕見的寶貴機會。不只是前田校長，我對百山校長也是感激不盡。

大致基於這樣的原委，所以我不是轉學到一高，嗯……可以說是入學嗎？總之就是這樣。

啊，好麻煩，就當成轉學好了。

應該沒人會對私人日記吐槽吧。

早上我前往教職員室打招呼，教頭就親自帶我到校長室。後來也不是由班導，而是由教頭帶我到教室。我後來才知道，一高不會由班導開朝會。三高的普通科也沒有朝會，但專門科的班導每天早上都會訓話。看來即使同樣是魔法科高中，各方面的作風還是會依照學校而有所不同。

我被帶到二年A班。那個人在那裡令我嚇了一跳。

司波深雪小姐。

不久之前被定為四葉家下任當家，才貌雙全的美少女魔法師。

也是我的女神。

對三高朋友講這種話肯定會被笑，但我真的認為那個人是不小心降臨世間的女神。美少女？我自己這麼說也不太對，但是這種老掉牙的話語不足以形容那個人。若是我的詩詞才華優秀一點，就可以竭盡一生創作適合的華麗詞藻獻給那個人了。我對鄙俗的自己感到不耐。

如果有人知道我的這份心意，或許會這麼說吧。

既然不是美少女而是女神，應該不會冒出想要跟她交往的逾矩念頭吧？

一點都沒錯。

我剛開始是這麼認為的。

不過，我也是健全的高中男生。我想交女友，而且既然認識了那個人，其他女性就不可能滿足我。

何況讓女神成為專屬於自己的戀人，這種悖德感令人欲罷不能吧？我覺得我可以理解傳說中藏起仙女衣裳那名男性的想法啊。

哎呀，看來我不小心激動起來了。

總之，進入教室的我因為看見那個人而嚇了一跳。我也感覺得到自己興奮到氣血衝上腦門，血液因為緊張而逐漸集中到臉上。

但我沒有悽慘到在自我介紹的時候臉紅得說不出話。再怎麼樣，也只有在那個人面前不能露出這種醜態。

所以我稍微作弊了。

成為一条家根源的前第一研魔法師，獲得的是透過直接干涉生體癱瘓對方的魔法。

一色家擅長干涉神經。不過，控制他人的干涉手法是大忌，成為失數家系的一花家就是一個例子。

一之倉家擅長干涉體溫。

而我們一条家擅長干涉體液。「爆裂」連機械都能破壞，算是預料之外的副產物，但那個魔法原本也是用來氣化敵方的體液。

干涉體液的魔法五花八門，並非只有氣化魔法，也有控制血流的魔法。我以這個魔法避免血液過度流向臉部皮膚，所以我的臉色應該沒變。

雖然這麼說，卻也沒有平復興奮情緒，或是除去緊張。我費了好大一番工夫避免口誤或舌頭打結。由於全神貫注在這件事上，所以我不太記得當時說了什麼。

應該沒有胡言亂語吧？

後來班上沒人以奇妙的視線看我，應該沒問題啦。

感覺大家反倒是友善接納我。一高與三高是勁敵，原本我也想過可能面臨強烈責難，不過這種負面推測落空，讓我鬆了口氣。

遺憾的是幾乎沒和那個人講到話。我沒主動搭話，所以或許是理所當然吧。

這可不是不服輸喔。我只是覺得剛轉學進來就追著女生跑，給人的觀感不太好，就自制了點。換作是我，也不想和這種愛泡妞的小子打交道。

因此，我今天加入了A班的男生小團體。

居於領導地位的是森崎駿，「迅發」森崎家的長子。九校戰的戰績普普通通，不過實戰似乎相當厲害。聽說他前年夏天曾對抗內閣府情報管理局的傢伙，還擊退了對方。

似乎是袒護一個差點被內情局帶走的美國女大學生，才會變成那樣。記得我聽到這件事的時候，還很佩服「這傢伙挺有骨氣的」。也覺得虧他沒因為妨礙公務而被捕。

森崎從一年級就擔任風紀委員——他的朋友與有榮焉般地驕傲說道。森崎不知為何似乎有點抗拒，怎麼回事？這裡的風紀委員會系統和三高相同，而其實我也是剛入學就進入了三高的風紀委員會。即使遠遠比不上學生會長，但獲選為風紀委員也應該是種榮譽。

這麼說來，聽說在一高，新生總代表會受邀加入學生會。在三高是會受邀加入風紀委員會。或許一高風紀委員會在校內的地位不像三高那麼高。

因為三高粗魯的人很多。如果風紀委員會不強，校內會變得亂七八糟。這麼一想，就覺得三高的風紀委員會或許是特例。

我和森崎等人一起吃午餐，他們告訴我關於一高的各種事。現在的一高真要說的話，似乎是女性當家。聽說二年級尤其有這個傾向，他們還半開玩笑地忠告說「要小心別被女生盯上」。

當時他們提到二年級主要的實力派。

擔任學生會長的司波同學，果然特別出色的樣子。此外還有同樣在A班，別名「幕後風紀委員長」的北山同學、B班「唯恐天下不亂的和事佬」明智同學、D班的里美同學、F班的千葉同學等人。

列舉出來的盡是女生。該說不意外嗎？這大多是在九校戰熟識的名字。千葉同學是例外，但必須多加注意她。我在京都和她共同行動的時間只有兩天，但光是這樣就知道她不好惹。她給人一種恐怖感，一個不小心大意了，就不知道會被她做什麼。

不過「幕後風紀委員長」是什麼？記得風紀委員長是吉田吧。吉田是實力派的事實，以九校戰或是京都事件的表現來看，都毋庸置疑。沒將吉田放在眼裡的「幕後風紀委員長」。或許最該提防的是這位北山同學。不過她有著內向的模樣卻有此等威脅，令我有點意外。

說到意外，司波那傢伙一年級的時候居然是二科生，我聽到時嚇了一跳。這裡的「二科」在三高叫作「普通科」吧？換句話說，那傢伙是在沒有指導老師的狀態參加一年級的九校戰，並且讓我們吃盡苦頭。

讀高中後有沒有指導老師會造成很大的影響。即使是短短三個月，也會拉出明顯的差距。然而，只有那傢伙遠遠超越了我們。至少在魔法使用方式的相關知識上，他甚至確實凌駕於喬治。

那個傢伙究竟在四葉接受過何種教育？

雖然承認這件事很令人生氣，但我背脊忍不住發涼。

任務這邊，也是今天首度和大家碰面。雖然這麼說，但彼此都認識。「首度碰面」的意思是第一次為了這次的任務開會。

這次的任務體制是十文字家的新當家十文字克人先生主導，七草家長子七草智一擔任副手，由十文字家與七草家兩個系統同時進行搜查。我在十文字先生底下受命行動。

不過這種做法有一個風險，十文字家與七草家各自擅自搜查，可能會產生重複或漏洞。老實說，我很擔心這一點。不過這種程度的問題，似乎任誰都會想到。

在東京，十文字先生會直接和七草家的長女——真由美小姐見面交換情報，確認彼此的進度。司波似乎也代表四葉家參與這個聚會，而且司波邀我從今天起也參與聚會。

受到那傢伙的照顧令我內心五味雜陳，但我沒有拒絕的選項。我回答願意參加。結果你們知道那傢伙怎麼說嗎？他說「我傳地圖給你，終端裝置拿出來吧」！

以為他會邀我「一起走吧」而有所防備的我好像笨蛋一樣，但按照常理來說，他不應該這樣回應吧？我才剛到東京，那傢伙卻給我地圖叫我自己去。既然有導航，我一個人去是沒問題啦，不過以人情來說，我不以為然。

那個傢伙果然討人厭。或許我不應該這麼想，但我聽到那傢伙說「不參加開完會的晚餐會」的時候舒坦多了。

那種傢伙居然是她的哥哥……更正，居然是她的表哥兼未婚夫，這怎麼想都不對。

二〇九七年二月十二日（二）

二年A班今天的第一堂課是魔法實習。課題是「定義魔法結束的條件」。

實習的主旨是把魔法作用時間設為變數，讓學生自己定義。內容是以魔法將白色塑膠球依序變成紅、綠、藍色，在三十秒內重複十次。要是每次作用時間的設定不夠嚴謹，最後時間可能會過多或過少。

我聽完之後認為很簡單。在複數魔法合作攻擊對方或防禦對方魔法時，結束條件不夠嚴謹的魔法，將成為魔法效果不如自己預期的主因。我自認知道魔法結束條件的定義多麼重要。

但是反過來說，「必須好好定義結束條件」是連續使用複數魔法時的基本注意事項，這在三高是在一年級就被灌輸的觀念。確實，我在三高沒有上過要求控制到這麼細膩的實習課，但我認為這樣反而過於細膩，不適用於實戰。

我轉學之前在三高上的實習課，是以魔法命中牆壁另一邊放置的目標物。不用說，這是以魔法攻擊躲在掩蔽物後方敵人的實戰練習。

相對的，一高的課題看起來只像是在比賽細部操控的靈巧度。

但我的想法大錯特錯。

實習是兩人一組。聽到指導老師叫我們自由分組，我就想和那個人組隊。

但我是外人。二年A班的人數加上我是偶數，我應該和最後剩下的同學組隊。

我抱著這種想法觀望，發現不知為何沒人去找那個人一組。

可以嗎？

可以吧？

我如此心想，戰戰兢兢地向那個人說「願意和我一組嗎」。

那個人以笑容點頭答應了。

到這裡都很好。

那個人第一次就精準以三十秒完成十次程序。連零點一秒的誤差都沒有。我不否認自己因而更加小看這項課題。

我鼓起幹勁，聽著那個人的倒數進行課題。

多了高達零點七秒。

這個實習的合格標準是誤差正負一秒以內。零點七秒或許是容許範圍，但條件是沒有以讀秒之類的方式輔助。實際上，司波同學就是在沒接受任何協助的情況下，以三十秒整完成課題。

旁邊傳來「三十秒剛剛好。穗香，厲害喔」的聲音。

我愈來愈沮喪，同時感受到強烈的焦慮。

我好不容易在第一堂課結束之前達到「沒接受輔助就讓誤差低於一秒」的目標，卻一直到中午才從打擊之中回復。當時天真地認為三高進度超過一高，我至今依然對這樣的我感到厭惡。

今天也發生了好事。大概是因為這樣，我的沮喪也才僅止於這種程度吧。

那個人居然邀我共進午餐。雖然來找我的是光井同學，但那個人也說「請務必」！

我是覺得那個人好像是被我害得要這麼說啦，不過管他的。那個人笑著對我說「是的，請務必」啊！可惜沒能錄下來。

那個人帶我到餐廳，熟悉的臉孔皆以疑惑眼神迎接我。是去年在京都共同行動的那些人。

吉田、西城，以及千葉同學。雖然共處的時間很短，我卻神奇地記得很清楚。對千葉同學的印象尤其強烈。

我聽到千葉同學率先喊出「咦？」。我和司波同學在一起這麼奇怪嗎？

然而，原本應該因為司波同學的事情而最對我感到不快的那傢伙，卻二話不說就答應我同座用餐，隨後令我不自在的視線就消失了。

那傢伙沒拒絕我同座用餐這件事本身不奇怪。若是被那個人懇求，無論是什麼願望，我不認為天底下有哪個男人會拒絕。重點在於無論是吉田、西城，以及這時代難得戴眼鏡，看似內向的那個女生，甚至是千葉同學，都是一副「既然那傢伙這麼說就算了」的表情，令我意外。

我還以為那傢伙是會被同學敬而遠之的人。

我的座位在那個人的正對面。我一反個性心驚膽跳，花費不少心力維持心平氣和的模樣。

這群成員大概平常都會一起用餐。我認為自己在這裡也是外人，應該積極搭話，以免導致氣氛尷尬。

然而，我認為自己看到那個人的臉無法保持平靜的同時，內心也有另一個我在呼籲：能夠正面注視那個人的機會，連一秒都不能浪費。因此我沒有餘力主動開口。

在這樣的狀況下，千葉同學問我任務的進度。

我差點噴出味噌湯。絕對不能在那個人面前露出這種糗態。我拚命將嘴裡的東西吞下去。

話說回來，這種地方明明不知道有誰在偷聽，這女生講話也真不用心。她不知道事情的嚴重性嗎？她看起來不像是糊塗人。

但我也認為這是個機會。既然那個人與那傢伙都沒阻止千葉同學，代表即使和這群人聊到任務，也只要別講得太深入就沒問題吧。這對剛轉學過來沒有共通的話題的我來說，是用來進行對話的好契機。

話說那傢伙真可惡，居然突然插嘴，還說我是「卓越優秀的魔法師」？搞不懂他這樣假惺惺地恭維有什麼企圖。

而且接下來的發展莫名其妙。那個人說「羡慕」我，害我腦袋幾乎一片空白。這是在稱讚我？單純的客套話？還是真的在嫉妒？經過一段時間的現在，我依然搞不懂。

說到那傢伙，他因為光井同學勤快搭話，所以沒能參與這邊的話題。

光井同學喜歡那傢伙嗎？

我自認好歹明白戀愛沒有道理可循的道理，但無論怎麼想，都應該阻止她比較好吧？

不過託她的福，我得以和那個人講好多話，不被那傢伙妨礙。很遺憾我記不清楚說了什麼，但彼此的距離應該有稍微拉近。

我應該感謝那傢伙嗎？

還是該說聲「活該」，誇耀自己的勝利？

感覺兩種做法都不對。

二〇九七年二月十三日（三）

我的心或許因為能夠和那個人在相同教室求學，變得興奮起來了。
雖然自認在任務上沒有馬虎，但我在反省自己可能不夠認真。
那傢伙在今晚開會時報告的成果，使我這麼認為。
昨天晚上，那傢伙似乎只差一步就將我們的目標逼入絕境。
既然到最後沒抓到，就沒什麼好說的。如果我是沒參與恐怖攻擊事件搜查的第三者，應該會這麼想。
但是，相對於我沒能找到恐怖分子的任何線索，那傢伙卻查出了幕後黑手的藏身處。「自己來到東京才短短三天」這種話不成藉口。我也不想以此當成藉口。因為，我甚至還不知道該從何處著手。
今天上學也很愉快。看得見那個人的笑容好幸福。我察覺自己因為這種事而滿足，感覺像是被潑了一盆冷水。
好想立刻衝出這間房子，前去尋找目標。然而亂跑一通也只會耗損精力，一點意義都沒有。

我剩餘的判斷力還足以理解這種程度的道理。

先想想我能做什麼吧。老爸說我可以盡情利用一条家的資源。明明家鄉也需要人力監視，卻分配了不少人來這裡。

明天去案發現場看看吧。七草家、十文字家與四葉家應該都在詳加調查，最重要的是警方應該在仔細搜查該處是否留下證據。

即使如此，只要前往現場，或許就能發現某些東西。

我認為現在不是上學的時候。

然而這樣就背叛了辛苦安排我轉學到一高的前田校長。

明天放學之前先安分一點吧。然後一放學就立刻動身搜查。

因為我是肩負任務而來到東京的。

二〇九七年二月十四日（四）

我懷抱昨晚的決心，打算午餐也要獨自解決。要是那個人來邀我，我的決心將會動搖。因為我很清楚這一點，所以我在第三堂課結束的同時迅速起身，想要搶先去餐廳。

我正如計畫，得以在司波同學叫我之前離開教室的這個時候。

要是沒受到那種妨礙就好了。

我走到教室最前排的時候，兩名女生突然擋在前面，說：「一条同學。」是誰啊？我還沒想到名字，兩人就分別塞給我一個別上緞帶的小盒子。「請收下這個！」她們同一時間單方面這麼說。

我還來不及回應，兩人就開心地尖叫跑走。

我肯定露出了脫線表情。當時我真的不知道發生了什麼事。有漂亮包裝，還仔細別上緞帶的小盒子只像是某種禮物，沒有誤解的餘地。然而變得糊塗的我無法理解這究竟是什麼禮物。

我恍神的這段時間，手上的禮物增加為七個。都是女生送的。她們紛紛說著「偷跑」或是「那我也要」，但我還是無法理解究竟是怎麼回事。

使我恢復正常的，是那個人的聲音。
她以帶著笑意的聲音從後方對我說「真受歡迎耶」，我不知為何強烈感到內疚。
我戰戰兢兢地轉過身。
那個人今天的笑容也是閃亮無比。
但是我內心充滿焦慮。我依然沒自覺為何焦慮。
我好像呢喃了幾句話。大概是「究竟……」或「為什麼……」之類的自言自語吧。
北山同學會對我露出傻眼表情，恐怕就是這個緣故。
她告訴我答案，說「今天是情人節」。
這句話聽在我耳裡是閻王的宣判。
這麼說來，今天是二月十四日。
滿腦子任務的我沒察覺，但今天不就是情人節嗎？
既然這樣，這些繽紛包裝的小盒子裡面的東西，只會是巧克力。我這時候才終於明白。
雙手抱滿小盒子的我，就他人看來是什麼感覺？
就那個人看來是什麼感覺？
我背上肯定在冒冷汗吧。
「看樣子，應該還會增加喔。」那個人說話的聲音，聽在我耳裡是宣告末日的天使號角。

後來，我虛耗昨天的決心，和司波同學她們一起前往餐廳。不對，帶我走的是光井同學？但這也安慰不了什麼。

情人節巧克力當然放在教室。

我也是男生，在情人節沒收到半個巧克力會很悲哀。即使是人情巧克力，只要能收到就會鬆了口氣。

然而今年不一樣。在單戀的真命天女面前被其他女生硬塞巧克力——當我自覺這一點，就變得如坐針氈。可以的話，好想趕快忘記。

然而一到餐廳就座，千葉同學就挖開我的傷口。

「你收到幾個巧克力」？妳居然問我這種問題？

「今天說到巧克力，我想也只會是情人節巧克力啊」？妳居然講這種話？多管閒事。

是啦，一點都沒錯啦，混帳。

「我賭你收到十個以上」？妳居然賭這個？

即使我對千葉同學抱起少許殺意，應該也有許多酌情減刑的餘地吧。

我知道的。她只有一點點惡意。畢竟對於男生來說，情人節巧克力是一種勳章。所以聽到別人說「你應該會收到很多」，通常都不會不高興。

然而今天的我是例外。被追問的我回答「是幾個都沒差吧」，這無疑是我的真心話。我暗自希望趕快離開這個話題。

然而，這個世界對我不是很好。

北山同學與光井同學說出了我收到的巧克力數量。

嗯，我知道。這是我的被害妄想。一定是自我意識過剩。

但我當時不敢看那個人的臉。

開完會後，我依然四處奔走搜索恐怖分子到深夜，因為我想忘記情人節相關的尷尬記憶。

不過這終究是無謂的掙扎。

搜索這邊也完全沒成果。

唉……

明天想必會睡眠不足吧。

二〇九七年二月十五日（五）

恐怖攻擊事件發生之後，我們魔法師害怕的事情終於發生了。

不對，應該說「開始了」。

遊行隊伍和警備的警官起了衝突。

扔石頭與打群架。可以輕易預料到只要脫序一次，施暴目標就會從警察轉移到普通魔法師身上。魔法科高中生遇襲的事態也不是荒唐無稽的妄想。我開始擔心三高的朋友們了。

為了把注意力移開這種負面預測，我以電視剛好在報導的逮捕人數當作話題。部分原因也在於我純粹不知道以正常標準來說，逮捕二十四人是多是少。在北陸，和國防軍敵對的遊行或宣傳活動在佐渡侵略事件之後，就完全不見蹤影，所以最近也沒聽說有人因而被逮捕。

那傢伙回答「以最近的標準來說很多」。

狀況果然正在惡化嗎？

司波推測電視拍到的遊行隊伍人數約兩百人。聽他這麼一說，確實差不多是這個人數。那麼總數就是兩倍或更多，可能是五百人規模的遊行。

下午的一高籠罩在沉悶的氣氛中。昨天的開朗氣息就像是假的。

如果這裡是三高，我也可以為班上同學打氣。我也想得到好幾個就算我不開口，也會揚言「要是遊行隊伍動粗，就給他們點顏色瞧瞧！」的傢伙。但一高似乎很少擔任這種角色的人。

開完例行會議回來之後，我打電話給喬治。我還是在意三高的狀況。

該說正如預料嗎？三高從下午就不太平靜。喬治笑著說在社團活動受傷的人數比平常多。這群血氣方剛的傢伙。但這是我熟知的一如往常的三高，讓我稍微放心了。

反倒是我被關心了。喬治擔心地問我任務是否不順遂。視訊電話在這種時候很不方便，沒辦法隱瞞事情。

但也可以說這樣正好。我來到東京還沒滿一週，但確實覺得遇到瓶頸，不知道該怎麼做。

我下定決心，和喬治商量現狀。喬治稍微思考之後，給了我一個出乎意料的建議。

最好不要在搜查時競爭嗎……經他這麼說，土法煉鋼的搜索行動，確實不可能敵得過地盤在關東的七草家跟十文字家。我不是不服輸，是能利用的資源差太多了。

我似乎是因為司波在座間只差一步就逮到目標的成果而感到焦躁。居然連這種事都沒察覺，我也真的是被逼急了。雖然不想狡辯，但或許是陌生的環境令我亂了步調。

喬治說，發現目標之後才是我登場的時機。需要人手與門路的搜索行動，就多少交給七草家與十文字家，我的職責是在發現恐怖分子之後，去追蹤逮捕對方。

喬治認為我應該抱持這樣的心態。

如果在發現目標之前都不用做事，我就沒必要獨自住在東京。即使是喬治的建議，我也無法全面接受，但這讓我稍微舒坦了些。

喬治大概也是基於這個打算，才叫我「不要競爭」吧。我這個搭檔真可靠啊。

二〇九七年二月十六日（六）

我在傍晚的會議得知二高的事件。

情人節的打擊被昨天的壞新聞覆寫，在昨晚和喬治聊過之後平復焦躁的我，又有餘力享受那個人所在的日常風景了。我覺得和那個人或其他同學之間的對話，也不再拘謹了。

我算是相當享受轉學生活，任務那邊也不是我自己跑，而是從老爸的部下那邊打聽調查至今的進展，整理好之後再去開會。

此時，我收到二高學生被人類主義者襲擊的消息。

我自認沒有小看事態，但狀況急速惡化，超過我的預料。

我沒想到敵視魔法師的傢伙居然沒假裝成偶發事件，就直接動粗。

不，我以為即使會發生，也是更久之後的事。

被反魔法主義者襲擊的二高學生似乎傷得很重。

但願不會留下後遺症。

七草小姐也很擔心。大概是因為擔任過第一高中學生會長的緣故，她好像很擔憂一高學生會這方面我也很擔心。

如果反魔法主義者要找目標下手，一高應該比三高更容易被鎖定。雖然和都心有段距離，但是襲擊東京的一高比較有話題性。

再怎麼強力的魔法師，身體依然是平凡人。要是被暗算，無法否認可能造成最壞的結果。

我當然擔心那個人，但家裡沒問題吧？有老爸看著，我想應該不會出太大的狀況。

二〇九七年二月十七日（日）

我今天上午待在家裡，和協助搜索的老爸部下一起分析至今取得的情報。很多情報是在我不在場的地方取得，所以重新聆聽說明有助於得知自己的誤會。

話題的中心是恐怖分子逃亡路線的預測。

恐怖分子疑似用來偷渡入境的貨船停在沼津港，是之前就知道的情報。但這恐怕是誘餌。我不認為對方逃離日本時真的會搭這艘船。大家的意見也相同。

就算這麼說，對方也應該不打算繼續躲在日本，想必遲早會想要逃離。我們在這一點的意見也一致。

那麼，對方會走空路還是海路？走空路的話是喬裝成別人搭機？還是自己準備小飛機？走海路的話會從哪裡出航？相模灣岸還是房總半島？也可能會偷偷北上，從新潟那邊逃往大陸。

雖然預測出各種路線，但我們的人手不足以監視所有路線。我們還是應該等七草家或十文字家掌握對方蹤跡再行動吧？這種消極論點占了絕大多數。

這麼做應該是最正確的，但或許是我還年輕，覺得只能等待是一種煎熬。

下午我嘗試沿著海岸線騎車，從石廊崎一路前往犬吠埼。光是行經並不會發現任何東西，但我認為可以藉此熟悉地理環境。最重要的是這種轉換心情的方法不錯，我感覺舒坦多了。

但即使得以轉換心情，還是一樣找不到對策。雖然不太希望家裡的工作波及喬治，但我在晚餐之後打電話給他。能夠商量這種事的對象之中，最可靠的果然還是喬治。

讓恐怖分子主動採取行動，應該是打破現在僵局的最佳策略。這是喬治的意見。換句話說是誘餌搜查。如同恐怖分子拿沼津的貨船當誘餌，這次輪到我們準備誘餌引恐怖分子上鉤。

問題在於用誰當誘餌。喬治以「我想你應該會反對」這句話為開場白，列出司波同學、七草小姐以及七草小姐的妹妹等人。

女性比較適合當誘餌——我能理解這個道理。但要我眼睜睜看著那個人遭遇危險，我當然會反對。

我提議由我當誘餌，反而遭到喬治反對。喬治說這樣很危險，但是誘餌搜查不可能不危險。

我如此回應之後，喬治就不情不願地說他會試著思考具體計畫。

參謀大人，靠你了。

二〇九七年二月十八日（一）

沒想到那個人真的遇襲了！

我聽到這個消息時，還以為自己的心臟停下來了，絕不誇張。

司波同學遇襲的消息是七草小姐告知的。她聯絡說基於這個事件，今天的會議也會叫司波同學參加。

當時我得知七草小姐的妹妹也一起成為目標，但兩人都沒受傷。不過一直到在用來開會的法式餐廳看到那個人平安無事之前，我都擔心得不得了。

那傢伙帶著司波同學現身時，我鬆了口氣，同時覺得內心刺痛。

我立刻自覺刺痛的原因。

是嫉妒。

我詢問司波同學是否安好，藉以抹去這份丟臉的情感。

我確實嫉妒了，但我自認擔心那個人的心情更加強烈且真實。那個人面帶笑容告知自己沒事，使我感受到全身放鬆，不再緊張。

事發當時，我已經離開學校了。老爸的部下要和曾經是周公瑾手下的情報販子見面，所以我也跟著一起去。我並不是期待能夠得到線索，而是認為這種明顯的行動，或許能讓恐怖攻擊的幕後黑手注意到我。

這趟造訪沒有其他需要紀錄的細節。但是在司波同學遇襲的時候，我卻不在能去救她的地方。那傢伙應該也一樣。司波當時應該比我還早放學動身搜索才對。

明明應該是這樣，那傢伙卻現身拯救被暴徒襲擊的那個人。

他為什麼做得到這種事？我沒問那傢伙。

我很好奇，卻猶豫著不敢得知理由。

我改為詢問襲擊者的身分。

對方是反魔法主義國際結社的成員，不只擁有晶陽石，甚至還有槍，而且還使用了魔法。

不，在魔法這方面，如果那傢伙說的情報正確，那麼襲擊司波同學她們的人，就只是被古式魔法師當作為魔法發射台而已。

我詢問幕後操控者是誰，那傢伙回答說已經取得魔法記錄，交給別人根據記錄調查了。

真的做得到這種事？

四葉擁有這種技術？

我嚇一跳的同時，內心某處也感到安心。

那傢伙執行任務的進度超越我，是多虧四葉家擁有的祕密技術。抱持這種想法，我就不必認為自己輸給那傢伙，不必為自己比不上那傢伙而焦急。

我打著這種狡猾的算盤。

我詢問究竟是如何取得魔法記錄，但那傢伙沒回答。

這是當然的。十師族彼此是互助兼競爭對手的關係。公開高價值的技術讓其他魔法師也能使用，會提升自家的評價，在魔法界的勢力也會增強。既然隱瞞，就是有必須隱瞞的理由，問了也不可能輕易回答。

但我覺得那傢伙沒回答的理由不只如此。感覺我的狡猾心態被看穿了。

或許是我想太多了。肯定是我想太多吧。但我先開口道歉，讓那傢伙不必多說什麼。

這不像我的作風。我不願意繼續出糗，所以打算接下來只當個聽眾。

然而在七草小姐提議派人護衛那個人的時候，那傢伙卻詢問是不是要拿那個人當誘餌。

而且是問我。

不對！我不會讓她做這種事！要當誘餌的話，由我來當！

我大聲否定那傢伙的詢問。

我們在司波還沒來的時候，就已經討論過是否要以我當誘餌引出恐怖分子，所以十文字先生出言為我辯護。

那傢伙似乎也不是真的懷疑我，但聽他對我講那種話就很火大。

即使只是開玩笑，還是覺得背負那種嫌疑的我真是不中用。

這都是因為任務沒有進展。

我下定決心，決定即使只用一条家的人，也要進行誘餌作戰。

因為抱持著這個想法，讓我沒能好好享受難得和那個人共進的晚餐，真遺憾。但現在必須以達成任務為優先。

事不宜遲，明天放學後就和喬治商討計畫吧。

其實我想立刻打電話，但今天已經很晚了。

二〇九七年二月十九日（二）

總之我累了。

既然已經過了凌晨十二點，日記就明天再寫吧。

二〇九七年二月二十日（三）

學校從今天起停課到週六。我轉學過來的一高從昨天就停課了，但三高也從今天開始停課，所以我從早上就一直待在家裡。

任務也在昨天算結束了。很遺憾不能說「完成」或「解決」，但我不用繼續待在東京了。就讀一高的日子只剩下一週多一點。能和那個人在相同教室共度的時間，也已經不到十天。感覺留下不少遺憾，但我獨自住在東京是為了盡到十師族的職責。既然任務結束，照道理就該回到金澤。

老爸應該會在今天之內命我回去。等待命令的這段時間，就整理一下昨天發生的事吧。

昨天上午，我在第一高中二年A班的教室裡，面對終端機上課。只有我一人。

一高從昨天開始停課，但我的學籍依然在三高。我在一高只是借用終端機，所以理論上我必須上課。

校舍再怎麼說都會關著吧。希望關著。二年A班的指導老師前來迎接抱著校舍關門的期待來學校的我。看來即使學生停課，教師還是沒休假。

在老師的好意之下，我獨自在教室上課。俗話說「小小的親切是大大的雞婆」，但我認為這個狀況叫作「大大的親切是巨大的雞婆」。

不過那個人在我上課的時候，來拿忘在學校的東西。能夠見到她，我倒是很開心。

到了下午，三高決定停課。以終端機收到通知的我立刻回到別墅，接著聯絡喬治。他應該也一樣不到中午就中斷課程返家。

但是很可惜，喬治不在家。這件事不方便在他外出的時候說。我決定留言等他回電。

我兩點多才接到電話。

但是打電話來的不是喬治。

是司波達也。是那傢伙。

那傢伙講的事情沒讓我相當驚訝，我想大概是我早有預感吧。

那傢伙之所以打電話來，是因為成功查到恐怖分子的所在處，所以想進行逮捕作戰。

那傢伙沒說「要參加嗎？」或是「來參加吧」。

只告知集合時間與地點。

對我來說，這樣就夠了。

話說回來，四葉家究竟是如何取得這種情報的？我知道不該問所以沒問，但是這個時候，我覺得自己首度體認到十師族之中被另眼相看的「不可侵犯之禁忌」──四葉家的威脅性。

晚上六點，作戰開始了。

一開始我被要求率領一条家的人馬，封鎖北方的退路。

但我想追捕目標。

最後我得以加入十文字家的機動部隊。形式上是他們接受我的任性。

那傢伙也在同一支機動部隊。

我的幹勁更加高漲了。

正如推測，目標古式魔法師搭乘的車，逃往了我們嚴陣以待的方向。

然而這輛車沒朝港口方向轉彎，而是往西方行駛。

我們立刻動身要追，卻在離開港口的時候中了恐怖分子手下的埋伏。

目標會在我們應付這些傢伙時跑掉。我如此焦急時，司波說這裡由他負責，要我先走。

我不會說自己毫不遲疑。我將這裡扔給這傢伙一個人，然後獨占獵物。這樣真的好嗎？

然而現狀確實刻不容緩。我將伏兵交給司波應付，前去追捕目標。

恐怖分子的下落是以那傢伙的魔法查明的，但幸好我很快就發現目標車輛。那輛車看到我們追過來就加速，肯定不會錯。

目標搭乘的車輛，在途中轉向開往沙灘。

此時我們再度中了埋伏。

來自背後的槍林彈雨，是用來對付魔法師的高威力步槍。這不是一介恐怖分子能取得的戰力。我這時候懷疑箱根恐怖攻擊事件或許是大亞聯盟的暗中破壞計畫。

戰況激烈，但多虧十文字先生趕過來，我們勉強鎮壓了敵人。

才剛這麼認為，敵人居然就自爆了。

我完全被牽制，對於追緝任務抱持半放棄的念頭。

不，我自認盡力追捕至今，但目標已經逃到海上。

這時候，我開始認為已經追不上了。

但我完全沒想到，以「危險」為由而被排除在逮捕作戰之外的七草小姐，居然在這時候搭乘高速巡邏船登場。

這樣的發展彷彿電影情節。

但要是因為這樣正合己意就做出批判，應該是一種傲慢吧。

我們搭乘巡邏船，將目標逼到只差一步就能逮捕的絕境。

然而我們沒能抓到恐怖分子。

載著目標的船，在我們面前被擊沉了。

巨大的魔法刃將船劈成兩半。

那是……分子切割？

USNA魔法師部隊的王牌為什麼出現在這裡？

當時我完全無法理解狀況。

不，現在的我也沒能理解。

總之，我們的任務在最後的最後失敗了。

目標應該確實死亡了，但因為無法找出屍體，所以也無法透過警方向媒體發布消息。

結果，箱根恐怖攻擊事件就這樣在對外依然沒解決的狀況下落幕了。

主謀死了。

但是事件沒解決。

仔細想想，參與追緝的我，連對方長什麼樣子都不知道。對方叫作顧傑，身分是前大漢的古式魔法師，擅長操縱屍體的魔法。我只知道這些片段的情報，無法想像對方的整體形象。

顧傑這個古式魔法師真實存在，且確定是恐怖攻擊事件的幕後黑手嗎？如果有人這麼問，我無法抱持自信給予肯定的答覆。

這樣根本無法讓媒體接受。

我強烈感受到本次的任務徒勞無功。

即使貪睡到九點多，徒勞無功的感覺依然沒消除。

幸好學校放假。

今天整天都用來休息吧。

傍晚，老爸打電話來。

一反我的預料，老爸叫我還不要回去。事件可能需要善後，到時候也必須由我處理。

別強人所難啦！

這種事只要老爸在需要的時候來東京一趟就好。又不是住在天涯海角。

而且停課只到這週。我問老爸說學校怎麼辦，他要我按照預定在一高上學到三月上旬。

老爸在想什麼？

他想要我做什麼？

搞不懂。感覺腦袋累得無法正常運作。

明天再重新和老爸談談吧。

二〇九七年二月二十一日（四）

昨天很累，所以我決定之後再對老爸抱怨。

這是敗筆。

我今天打電話過去，老爸卻堅稱這件事昨天已經講完了。

看來是「那樣」吧。與其說是打鬼主意，不如說是懶得善後。絕對是。他是仗著我在東京，就不想離開金澤吧。

確實，這次如同敗戰的善後工作令人提不起勁。但我也一樣啊！真是的，居然那麼任性。

而且老爸那傢伙，還扔了一顆天大的炸彈給我。

說茜週六要過來這裡住，要我週日帶她逛東京？

我也不知道有什麼觀光景點好嗎！

二〇九七年二月二十二日（五）

雖然覺得將這種早就知道的事寫在日記裡也沒用，但我有兩個妹妹。

大妹叫作茜，小妹叫作瑠璃。母方老家為女生取名時，似乎習慣使用顏色相關的字詞。

我認為我們兄妹感情不好。

以喬治的立場來看似乎是「感情非常好」，但我自己不這麼認為。

她們以前很可愛。我現在依然覺得不管發生任何事，都一定要保護她們。

然而那兩個傢伙明明長得挺可愛的，卻不討人喜歡。

瑠璃對我總是沉默寡言。她原本就有這種傾向，但最近即使我主動搭話，也大多冷漠以對。偶爾開口也是尖酸刻薄到令我想說「妳給我閉嘴」。對話不可能成立。

茜反而很煩。總之就是煩。一見面就講話講得毫不客氣，像是我明明沒要求卻經常拿茶、咖啡或點心闖入我房間，說什麼「下流」或「噁心」或「懶散」，極盡數落之能事然後離開。

三高的某個朋友開心地說「這是傲嬌」，但他是沒有實際受害才笑得出來。再說茜沒對我嬌過，我也沒有因為妹妹對我嬌就開心的興趣。

這個煩人妹妹明天要來這間房子。

多虧這樣，我落得必須查遍附近觀光景點的下場。

因為要是沒好好準備，茜肯定會大呼小叫。

我的內心沒有脆弱到被茜罵幾句就會受傷，但總之我可不想被她煩死。

不過，觀光景點這種東西一查起來，就沒完沒了啊。

光是推薦行程就多到十指數不完。

這種時候要是當地人能提供建議就好了。

我也想過打電話請教那個人。

但我沒這個膽子。我不敢為了這種無聊的事情勞煩那個人。

想笑就笑吧。勇氣和匹夫之勇不一樣。

那傢伙不在考慮範圍。我不想因為這種事欠那傢伙人情。

找吉田或西城商量我就沒那麼抗拒，但那兩人知道國中女生逛了會高興的觀光路線嗎？

經過各方面考量之後，我拜託的是七草家的人。不是長子智一先生，是真由美小姐。畢竟我們一直到前天都是每天見面，而且如果是她，應該知道各種茜會喜歡的地方。

七草小姐確實適度提供了有益的情報給我。

但我現在有點後悔找她幫忙。

突然就打電話過去有種裝熟的感覺，所以我寫電子郵件說明用意。

妹妹突然要來東京。後天我得帶她到附近逛逛，所以希望妳可以建議我該帶她去哪些地方。內文大致是這樣，我以禮貌字句粉飾之後，寄出了郵件。

不到三十分鐘，就收到回信了。我很感謝她這麼快回信，但是當時的我心想，魔法大學和附設高中不一樣，應該在正常上課才對。

我抱持的疑問並未猜錯。

回信內容首先寫著「上午我要收拾事件善後，得接待很多客人，所以沒去大學。下午就沒有行程正閒著沒事，很高興你寫信給我」。我是直接複製貼上，所以一字不差。

我和七草小姐有這麼熟嗎？我先是對此感到納悶。

我繼續看下去，內容主要是「務必讓我幫忙」、「我想知道細節，可以現在見面嗎」、「可以的話請來我家」等等。

我去七草家？

我心想這個邀請真是突然，卻立刻改變了想法。

仔細回想，我明明來到東京，卻沒到七草家或十文字家拜會過。

身為一条家的長子，這樣不太好。老爸似乎想讓茜的丈夫繼承家系，所以我的立場不是繼承人，不過就某方面上來說，我確實是代表一条家來到東京。彼此同樣是十師族，而且現狀是我闖入對方的地盤。進一步來說，雖然以失敗收場，但我們是在重要任務並肩作戰過的伙伴。

我決定趁著這次的邀請拜會七草家。

原本想穿西裝，但最後我換上三高制服，且不是騎機車，而是搭大眾交通工具前往七草家宅邸。途中也好好買了價格不丟臉的伴手禮。這是形式，所以我不在意品味。老媽說有時候價格也很重要。

大概是因為有預先寄信告知抵達時間，我抵達宅邸時，看見七草小姐出來迎接。

弘一先生在家，所以我先拜會弘一先生。原來如此，確實給人不能掉以輕心的印象。只是也如老爸所說，看起來不像是會面不改色背叛自己人的類型。與其說是沒有操守，看起來更像是擁有自己的原則，並且以此為優先。但或許只是我還沒有看人的眼光罷了。

長子智一先生不在。七草小姐……不，這樣太難區別了，在日記裡就稱呼她為真由美小姐吧。聽她說，她的大哥與二哥都住在其他地方。

拜會弘一先生之後，我被帶到另一間會客室。我家也很大，但七草家的宅邸或許更大。占地坪數看起來是我家比較大，不過總建築面積應該輸了。

拜會弘一先生的會客室擺著沙發組，但真由美小姐帶我來的會議室擺著時尚的桌椅，設計成可以飲食。大概是用來辦茶會之類的地方吧。妹妹們不久之後應該也會變得想做這種事。

在我拜會弘一先生的時候，桌面已經做好了準備。真由美小姐熟練地邀我享用紅茶與茶點，熱衷詢問茜的年齡與興趣。

剛開始，我還認為她很親切，但隨著時間經過就逐漸明白了一件事。這個人應該只是閒著沒事幹而已吧？我是不是被叫來陪她打發時間的？

這間會客室有一個大型螢幕，我進來時是顯示著名的風景畫。記得是雷諾瓦的作品。雖然不知道畫名，不過是幅有小船浮在河面的畫作。

她讓我利用這個螢幕體驗「虛擬約會」的功能。似乎是以手上的終端機決定路線，再從選項中選擇對話或行動，就會播放如同實際走在街上的景色的服務。

要是以這種東西預習，真正約會的時候反倒會失去新鮮感，覺得無趣吧？但是這個功能似乎廣受女生歡迎。

不過也是啦，預先看過酷似觀光景點實際景色的ＣＧ，應該可以避免「和想像的不一樣」這種事態吧。但只是場勘，應該不需要用到選項才對。我只是陪妹妹觀光，不是要和人約會。我想要的不是約會的建議。

然而我決定選項的時候，卻被數落得好慘。

這怎麼看都是在玩我吧？仔細想想，真由美小姐的電子郵件有寫「我原本很閒，所以好高興」。她肯定就如字面所說，在利用我打發時間。

真由美小姐的妹妹們在中途加入，數落我的程度變本加厲。

我還以為會因此感到挫折。不，或許已經受挫了三四次。

但該說多虧如此嗎？帶茜觀光的路線算是定案了。

我在道謝之後離開七草家，但精神已經疲憊不堪。

總覺得好想盡情活動身體，發洩一下。

話說回來，真由美小姐的妹妹們，記得是叫作香澄與泉美吧？那兩人像是品頭論足般看向我的眼神究竟是怎麼回事？

二〇九七年二月二十三日（六）

今天有個驚喜。

來東京的不只是茜。喬治也一起來這裡住。

明明還不到兩週，卻覺得好久不見。

我們很高興能重逢，但茜對此似乎相當鬧彆扭，不過老妹啊，友情優先於兄妹的親情喔。

茜莫名其妙說什麼「骯髒」或「變態」，但我不管她。

如果只有茜，我本來打算隨便找間餐廳打發，但是好友千里迢迢前來，我不能馬虎對待。

我帶著喬治，順便帶著茜，前往一八六九年創業的壽喜燒老店。

美味程度正如期待。喬治也吃得很高興。只有茜抱怨：「我預定親自下廚招待的說……」但妳在家裡做菜也只用自動調理器吧？

回到這間房子之後，也有千言萬語要聊。

在這裡寫不完，而且我也捨不得花時間寫。

二〇九七年二月二十四日（日）

畢竟老爸吩咐過，即使麻煩，我今天也打算依照真由美小姐幫忙決定的路線帶茜觀光。

然而這個計畫卻因為茜而取消。

那個妹妹莫名充滿幹勁地說「今天一定要親自下廚」，從早上就窩在廚房。

從一大早耶！多虧廚房無法使用，今天的早餐只有塗奶油的土司。

茜親手做的料理一直到快要中午才終於完成。幸好調味料等物品早就由別墅管理員補充，所以沒被要求跑腿買材料。

味道普通。不難吃，卻也不覺得好吃。

因為啊，茜做的是咖哩飯。而且是用市售的咖哩塊做的。

加入巧思就做得出專業的美味，這種話是真正會做菜的人在說的。

如同會有「任何東西只要灑上咖哩粉都能吃」這句話一樣，咖哩本身的味道太重，我認為吃不出細微的差異。

喬治大概是很貼心地顧慮到妹妹的感受吧，說了句「好吃」。茜聽到他這麼說也很滿足，所以我就不計較了。

整個上午的時間都用在茜的料理上，所以我們必須減少要去的地點。好不容易撐過被七草姊妹玩弄的苦行完成規劃，這下子都泡湯了。

我思索很久之後，做出一個結論。只要依照路線逛，到了回家時間再帶她到車站就好。

我叫茜與喬治打包好行李，老妹卻不滿地問我「為什麼」。還用問嗎？當然是要在送兩人回去之後，只把行李寄回去就好。我才想問她為什麼要問這種問題。

不過，茜根本不是來觀光的。她說「要玩的話會等春假或暑假再跟朋友一起逛」。這次她來到這間房子，是要確認這裡是否能夠招待朋友。

臭老爸。

你的誤解害我在七草家的宅邸裡被當成玩具啊。

我在心中咒罵時，茜那丫頭說：「不提這個，我想見一個人。」

這種事要先講啦，還要確定對方是否方便耶。

這時的我內心能夠如此老神在在，直到茜說出「想見的人」是誰。

茜想見的人是司波同學。

我駁回了好幾次。我跟她說辦不到，要她死心。

然而茜不接受。還責難我說至少聯絡看看嘛。最後甚至口出惡言，說我是太窩囊，才不敢打電話。

好吧。既然妳這麼說，我就打電話啊。

我這樣回答完全是不服輸在頂嘴。

沒有退路的我，在茜與喬治面前打視訊電話給司波同學。

接電話的是身穿侍女服的少女。

我看過她。記得是一高學生會的一年級女生。難道我打錯電話了？

在我慌張的時候，這女生回答「您好，這裡是司波家」。

看來沒打錯電話。安心的我自報姓名說「我是一条」，同時陷入另一個疑惑。

那個傢伙，該不會明明已經有司波同學了，還命令學妹扮裝當作樂趣吧？

冷靜想想，當時的我不正常啊。從旁人來看，抱持這種疑惑的人更像是擁有危險嗜好。

司波同學是四葉家下任當家，自家有侍女也不奇怪。這不是扮裝，是正職——這種想法比前者妥當好幾十倍。

我想和那個人談談。年少侍女聽完我的要求，沒問原因就幫忙轉接。

話筒傳來那個人「我是司波。一条同學，五天不見了呢」的聲音。

我沉浸於感動之中。這樣真不像我。那個人居然記得最後一次見面的日子。

可惜螢幕沒顯示影像，但這在打電話到私人家裡時不算稀奇。尤其女性傾向於拒絕讓異性看見自己的居家裝扮。

何況即使只有聲音，那個人也是迷人過了頭。我拚命把持意識，以免失神。

來東京的妹妹想見司波同學一面，抱歉事情這麼突然，但是方便給一點時間嗎？那個人爽快答應了我這個厚臉皮的要求。雖然條件是那傢伙也會來，但我認為這是無可奈何。因為即使沒有我們這樣的隱情，我也認為以常識來說，年輕女性單獨赴男性的約不太好。

地點不是定在彼此住處，而是一高附近的咖啡廳。一間叫作「艾尼布利榭」的店。依照現代大眾交通工具的速度，只要是在東京都內，要去哪裡都不算遠。

相隔五天見到的那個人閃閃發亮。感覺只有她周圍的空氣不一樣。茜也看那個人看到入迷，說不出話，自我介紹也講得結結巴巴，但我不會嘲笑她。那個人的魅力跨越了性別。

喬治和司波聊開了。或許是我多心了，但司波那傢伙似乎也很享受和喬治的對談。聽他們似乎在聊「相異系統的相同現象」和「啟動式模組化」這種相當艱深的話題，但喬治看起來很愉快就好。

因為多虧喬治幫忙應付那傢伙，我得以和那個人說話。

經過約一小時，我和那個人道別，帶茜稍微逛逛澀谷原宿區域，然後先回別墅一趟。我說要幫他們寄行李，但他們似乎想自己提回去。

他們說我也不用送行了，所以我將茜託付給喬治，在這間房子的玄關和他們道別。

當時我問了茜對那個人的感想，但她的反應有點怪怪的。

妹妹說「感覺有點可怕」。我問「妳是說司波小姐嗎」，她搖頭回應。看來是指那傢伙。

就我看來，那傢伙對茜也表現得相當紳士。那傢伙的外表確實給人犀利印象，但是老家那裡長得凶神惡煞的傢伙更是常見。司波的長相應該沒凶惡得會嚇到茜。

「哪裡可怕？」我問。

「不知道。」茜搖頭說。「雖然不知道，可是那個人很可怕。哥哥，你要小心。」

茜留下這段話後，就回家了。

二〇九七年二月二十五日（一）

學校從今天開始恢復正常上課。

反魔法主義運動愈演愈烈。即使煽風點火的恐怖分子死亡，鬧事的傢伙也不會計較這種事情。衝突的火苗在學校停課的這段期間，擴散到全國。

不過久違見到的同學，臉上的不安比停課前少了。

大概是習慣了吧。危險狀態持續一陣子，人類就會習慣。這會令迴避危機的知覺減弱，其實是一種危險狀態，但要是一直提心吊膽，精神應該會撐不住。讓危機感麻痺，或許是心靈保護自己的唯一手段。

總之，二年A班回復以往的活力了。別班應該也是吧。

至於我，由於任務已經結束，所以放學後沒必要早早回去。而且獨自待在家裡也不健康。還得待在東京一段時間的我，得思考如何運用放學後的時間。

今天，我先申請參觀風紀委員會的活動。因為我在三高也是風紀委員。我一直想在回到金澤之前參觀一次。

我中午在餐廳提出參觀的要求，風紀委員長吉田二話不說就答應了。

北山同學也跟著吉田提議：「那要和我一起巡邏嗎？」

我想起轉學第一天，森崎對我說的那些話。

必須注意的二年級女生。

其中的第一號人物，就是「幕後風紀委員長」北山雫。

北山同學看起來是文靜內向的女生。除了偶爾會講出挖人心肝的吐槽，看起來不像會做出傷害他人的事。

森崎他們究竟在提防她的哪一面？我想知道，同時我的本能也在腦中敲響警鈴。

吉田或許是看透了我的迷惘，說要由他自己帶我參觀，所以向北山同學提議換班。

北山同學很乾脆地答應。難道她的目的就是要引導吉田這麼說？我覺得我想太多了，但如果真是這樣，就能理解她為何別名「幕後風紀委員長」。

就在這時候，我發現用餐的成員缺了一人。

我不經意地詢問千葉同學是否請假。

我看出除了司波以外，另外六人顯得很尷尬。

我慌張心想是不是問了不該問的問題，司波在這時回答：「她因為家人頭七請假。」

我冒失地忘記千葉家的長子在恐怖攻擊事件搜查過程中殉職了。

放學後，吉田帶我參觀一高風紀委員的活動。首先令我驚訝的是，活動記錄整理得周全又詳細。我問過之後，得知是委員長吉田自己整理報告，會議記錄也是吉田寫的。速寫似乎是吉田的專長。

我詢問速寫和速記有什麼不同，他隨即當場示範。墨筆在大本筆記本上行雲流水地揮毫。我看不懂，但大致知道是草書。

這個時代居然看得到書法，我真的嚇到了。大概是驚嚇過度，所以當時的我沒能自制，忍不住詢問他為什麼擁有這項專長。

吉田露出有點為難的表情，回答這是製作符咒的必備技能。這麼說來，記得這傢伙是古式魔法師啊。那他現在也是以符咒使用魔法嗎？印象中他在九校戰使用了形狀奇特的ＣＡＤ。

我想看吉田以原本的風格使用魔法。這個願望很快就實現了。因為小體育館後面，有人在打群架。

一高學生也是血氣方剛啊。看見的和我聽到的差好多。

大概是習以為常了吧，吉田的制止與警告僅止於形式而已，肯定是早就知道他們用講的也不會聽話。

吉田沒取出符咒。相對的，他從左袖取出像是扇子的物體。仔細一看，那是以金屬骨架將金屬短籤固定成扇子的形狀。

吉田以左手用這個像是扇子的東西攤開一張短籤，然後右手食指與中指伸直併攏，觸碰這張短籤。

感覺空氣中有東西在動。冰涼水氣拂過臉頰的下一秒，濃霧隨即籠罩打架的學生。霧裡傳來「好冰」或「好冷」的哀號。也是啦，畢竟現在是寒冬的二月。

然而不只如此，那道霧看起來蘊含高濃度的想子。

那樣應該很難讀取啟動式吧。雖然不像演算干擾那樣徹底的妨礙，但除非使用比平常更多的想子，否則應該很難用ＣＡＤ施展魔法。

吉田再度警告。這次還威脅會放電攻擊，真暴力。

糾紛立刻平息。

哎呀，欣賞到挺有趣的景象了。

我在巡邏快結束時詢問吉田，為什麼同樣是男生，卻有人以姓氏叫他，有人以名字叫他？

我只是不經意感到好奇，但吉田詳細解釋了理由。

這攸關吉田的隱私，就不寫在這裡了。

不過，知道原來那傢伙也會為朋友著想，讓我挺意外的。

二〇九七年二月二十六日（二）

今天放學後，我參觀了學生會的工作。

那個人與那傢伙共事的學生會。

我心情有點複雜。

學生會室裡除了他們，還有同班的光井同學、之前那個穿侍女服的一年級女生，以及真由美小姐的妹妹。

穿侍女服的一年級女生叫作櫻井。真由美小姐的兩個妹妹之中，在學生會的是泉美。

司波同學當然不用說，不過那傢伙也在正經工作。話說那個打字是怎麼回事？看起來只用鍵盤輸入，我眼睛卻跟不上他打字手指的動作。該不會有「增加打字速度的自我加速魔法」這種東西吧？

除了例行公事以外，他們正在進行的工作是準備畢業典禮以及之後的派對。三高應該也一樣。那傢伙似乎專門負責行政工作，關於派對的企畫，則是由司波同學、光井同學與泉美學妹互提意見討論。

司波同學也有徵詢我的意見，所以我提供三高正在企畫的方案當情報。能夠讓她高興真是太好了。

我們交談的時候，我又感覺到泉美學妹對我投以品頭論足的視線。是我自我感覺良好嗎？

我應該不是自戀狂才對啊。

天色差不多開始變暗時，真由美小姐的另一個妹妹香澄從學生會室內部的門現身。上次打擾七草家的時候就在想了，這兩人果然是同卵雙胞胎。由於髮型以及給人的感覺差很多，所以我當時不太確定，但她們穿相同制服，就看得出來臉蛋很像。

香澄學妹也經常像是品頭論足般看著我。

到底是怎麼回事？

後來我和吉田、西城、北山同學、千葉同學會合，前往週日和司波同學約見的那間咖啡廳「艾尼布利榭」。大家似乎都是那間店的常客。

我猶豫是否要對千葉同學說出中午沒說出口的懺悔。

但最後，我還是決定不說。因為我隱約感覺到千葉同學散發出「別提這件事」的氣息。

我認為弔唁比祝賀難。

二〇九七年二月二十七日（三）

我的轉學期間也只到下週六了。假日只剩下次的週日。

就這樣下去好嗎？

任務結束了。老爸說的善後工作，推測也沒必要了。原本應該可以立刻回金澤。

所以我更加心想，要是就這樣什麼都沒做，我或許會後悔。

今天的午餐時間，女生們聊到假日要去哪裡。

那個人回答「最近都在逛街買東西，不過之前偶爾會去看電影」。好像是以前有個愛看電影，感覺像大姊姊的人。

我正在用來寫日記的螢幕左側顯示出購票網站，列出下週日上映或預定首映的電影陣容。

好了，該怎麼做呢？

我從剛才就如此自問。

就這樣什麼都不做好嗎？

不會因而後悔嗎？

這種機會或許不會有第二次了啊。

也是。一直猶豫下去也不是辦法。

被拒絕的話就死心，如此而已。

我觸碰螢幕，按下Enter。

螢幕顯示訊息，說電影票已經下載到我的儲藏匣。

在已經提親的現在（雖說出自老爸之口）做這種事或許為時已晚，總之這麼一來我就沒有退路了。

不過，我可不想玉石俱焚啊。

二〇九七年二月二十八日（四）

今天最後的課程結束了。

那傢伙一如往常來接司波同學。

我叫住正要前往學生會室的那個人。

走廊有許多學生。

那傢伙在那個人旁邊。

但我刻意不要求和那個人單獨相處。因為我覺得避開那傢伙的目光偷偷摸摸的，似乎就輸給他了。

我以行動終端裝置顯示電影票，問她這週日要不要一起去看電影。

那個人睜大雙眼，露出有點為難的表情仰望司波。

「約會的邀請嗎？」司波單刀直入地問。

我賭氣回答「沒錯」。

那傢伙的回應是「不能讓你們兩人獨處」。

也是啦，以那傢伙的立場，確實會這麼說。

但下一句話令我意外。

那傢伙說，如果帶櫻井學妹一起去，就允許我們去看電影。

我立刻回應這樣也沒關係，再度邀請司波同學務必賞光。

那個人略為困惑之後，露出甜甜一笑同意了。

她以閃亮的笑容接受我的約會邀請！

老實說，我早就猜到那傢伙不會阻止司波同學了。那傢伙感覺會盡力避免束縛司波同學。

但我知道那傢伙也不會讓我與司波同學獨處。天底下肯定沒有男人會讓自己的未婚妻和追求這名未婚妻的傢伙獨處。

令我意外的是他沒說自己要跟來。

那傢伙選擇讓櫻井學妹和那個人同行。

我當然比較樂見這種結果。即使無法和那個人獨處，也比跟著一個男生電燈泡好太多了。

那傢伙為何開出這種讓我稱心如意的條件？

自以為老神在在？

算了。既然那傢伙是這種心態，那我只需要全力搶奪就好。

到時候可別哭喪著臉啊！

二〇九七年三月一日（五）

今天開始就是三月了。再一個月，就升高三了啊。

今天午餐時間的話題是生涯規劃。

我計劃就讀魔法大學。其他人也都想上魔法大學。我以為西城要考防衛大學，但他似乎想當警察或機動隊員。

客觀來看，只要沒遭遇嚴重到失去魔法力的意外，我應該不會考不上魔法大學，而那個人肯定比我還穩吧。

成為大學生之後，接下來的四年就可以和那個人在同一所學校求學。

對我來說，這或許將成為一段煎熬的歲月。現在那個人是其他男人的未婚妻。

但我現在好期待和那個人共度校園生活。

二〇九七年三月二日（六）

我坦白說吧。

我今天從早上就無心做任何事。

明天就是重頭戲了耶。

我直到今天，才知道自己這麼青澀。

我未曾想像過自己會煩惱明天該穿什麼衣服出門。

總之，電影票準備好了。櫻井學妹的份也買好了。

作戰資金也很充足。

導航也設好了。但我有記住見面地點與電影院的地圖，應該不需要導航。

鬧鐘也萬無一失地設置完畢。

準備周全，天衣無縫。

好，睡吧。

醒著也只會感到不安而已。

二〇九七年三月三日（日）

我不可能犯下睡過頭遲到這種老套的失敗，並在鬧鐘響之前就醒來。

熟睡之後的腦袋清新舒暢。難道我神經意外大條？

進浴室徹底洗淨身體，照了約十次鏡子並且刮鬍子，用吹風機仔細吹好頭髮，穿上昨天苦惱三小時後挑好的衣服，前往會合地點。

我在橫濱事變當時也沒那麼緊張。

我在約定時間的四十分鐘前抵達會合地點。這樣算正常吧？

等待的時間並不痛苦。我盡情想像那個人的便服打扮，轉眼就到了會合的時間。

那個人在約定時間的三分鐘前現身。

我視野捕捉到那個人身影的瞬間，世界改變了。

對我來說，世界無疑變貌了。

景色華麗地增添了色彩。

那個人位於世界的中心。

我甚至忘記呼吸，直直注視那個人。

米色長大衣的衣襬下，露出高雅灰色裙子的裙襬。

受厚褲襪包裹的雙腿，輕快踩響包頭鞋的鞋跟。

喀什米爾圍巾以及搭配大衣顏色的米色手套。整體偏向成熟的打扮中，軟綿綿的耳罩成了可愛的點綴。

那個人來到站在原地，動彈不得的我面前。「讓你久等了嗎？」她問。

我用力搖頭，簡直快把脖子搖斷。

那個人輕聲一笑。

我也覺得自己這個動作孩子氣。

但我無怨無悔。因為那個人對我笑了。

若是為了那個人的笑容，我願意扮演小丑或任何角色。

稍微放鬆的我，察覺了站在那個人斜後方的櫻井學妹。

櫻井學妹穿著短大衣、高領毛衣、修身牛仔褲、高筒休閒鞋、人造皮手套與毛線帽，是和司波同學成為對比的中性打扮。

總覺得看起來像戰鬥風格，是我多心了嗎？

時間正好，所以我們立刻前往電影院。

座位是預約的，所以不用焦急。

我們只買了飲料，就進入影廳。

雖說是理所當然，但裡面暖氣夠強。我與櫻井學妹只拉開大衣，但司波同學以優雅的動作脫下大衣。

大衣底下是高雅的灰色連身裙。

今天不知道是第幾次停止呼吸了。那個人對目不轉睛盯著看的我露出有點為難的微笑，再以同樣優雅的動作坐下。

座位順序是我、司波同學、櫻井學妹。

聽說一百年前的電影院，狹小到會和旁邊座位的人碰到肩膀。據說情侶將手交疊在扶手上看電影也是常有的事，不知道是真是假。

但是在現在的電影院，基本上不可能碰到旁邊觀眾的身體。

如同包覆身體的水桶型座椅，是傳達振動或傾斜的重要演出工具。觀眾當然可以依照喜好關閉演出效果，但是包覆雙肩的貼身構造不變。體型高大的人甚至有專用座椅。

我與司波同學當然不會發生肩膀互觸或指尖重疊這種意外。我有點羨慕以前的人。

我選的電影是標榜「熱映中」的愛情故事。對電影完全沒興趣的我打安全牌，在愛情文藝類中挑選現在最賣座的電影。

發行商是好萊塢的知名製作公司。舞台是一九九〇年代的紐約。在別說魔法，甚至連超能力都還沒見光的時代中，一名隱藏己身強大超能力過生活的少女遇見了平凡的少年，墜入情網。以上是劇情大綱。

影廳燈光熄滅，一百八十度的半圓筒形銀幕亮了。左右各三十度只播放加深投入感的輔助影像，觀眾只要看正面的銀幕就好，但久違來到電影院的我還是不禁佩服地「喔……」了一聲。

觀看之前，我覺得劇情設定平凡又沒有創意，但不愧是全世界賣座的作品，挺好看的。不依賴花俏的特效，夾在祕密與愛戀之間受苦的少女；對於遲遲不肯表露內心的少女而感到心急的少年。兩人的心意以具備深度的３Ｄ影像仔細描寫，即使最後是場悲劇，依然令觀眾在看完之後精神舒暢。

司波同學似乎也看得很滿足。這對我來說是最重要的事，所以那個人說著「真好看」露出笑容時，我鬆了口氣。

到這裡都沒問題。

然而那傢伙卻在電影院的出口。

不只是那傢伙。還包含平常一起吃午餐的成員，連真由美小姐的雙胞胎妹妹都在等我們。

司波同學一臉驚訝，輕聲叫了聲「哥哥」。看來她如果沒多加注意，依然會基於習慣脫口叫那傢伙「哥哥」。我認為那個人依然稱呼司波「哥哥」的期間，就是我所剩下的機會。但這時候

的我沒有餘力思考這種事。

「你們在做什麼啊！」即使在司波同學面前，我還是不禁這樣怒罵。說來可惡，受驚的只有光井同學與柴田同學，其他人依然面不改色。千葉同學甚至愉快地一臉奸笑。

至於那傢伙，他居然若無其事地回答「我來接深雪」！看來那傢伙只允許我們看電影。

開什麼玩笑！我確實是邀約說「要不要去看電影」，不過在這種情況下，哪可能看完電影就說再見？接下來還要喝茶或是逛街之類的吧！

結果後來變成大家一起玩。看那個人對我露出愧疚笑容，我無法斷然拒絕。

那個人連露出那樣的笑容都閃閃發亮。

老實說，我玩得很快樂啊。可是有哪裡不對勁吧？

個性差的不只是那傢伙。那傢伙身邊的傢伙們，包含女生在內，個性都很差。

我在今天如此確信。

二〇九七年三月九日（六）

我的一高轉學生活在今天結束。

回顧這週的日記，從週一到週五都沒寫什麼重要的事。

看來週日的脫力感一直影響到現在。

我真沒用。

午餐成員在今天為我辦了一場小小的歡送會。

他們要我回家換衣服再過來，我依照指示換上便服再度會合之後，就被帶到「保齡球館」這個復古的遊樂設施。

不用說，魔法絕對禁止使用。在這個規定之下，我這輩子第一次體驗打保齡球。

因為是第一次，所以結果很悽慘。不過幸好不是只有我。

今天穿長版毛線衣加羊毛褲，一身輕便打扮的司波同學也是經常洗溝，然後害羞地笑了。那副模樣可愛無比，我好不容易才克制住偷拍的衝動。

千葉同學似乎打過，她的成績在女生組裡首屈一指。

那傢伙則是比平常更可恨。

明明說自己才打第二次，但分數那麼高是怎樣！這是我的歡送會，你應該稍微顧慮一下吧！

我好想這麼說。

但因為只有他的分數遙遙領先，所以不只是西城與千葉同學，連吉田與北山同學也被他嚇得不敢領教。我在心裡笑他「活該」。

後來我被帶去唱卡拉ＯＫ。這也是一項復古的娛樂。

司波同學的歌聲非常美妙。

而那傢伙歌喉比我差，讓我稍微安心了。

二〇九七年三月十日（日）

今天我決定先去魔法協會關東分部一趟再回家。

我沒對任何人說這個計畫。

即使如此，那個人卻在最靠近魔法協會的車站等待。

由於過度意外，害得我開口第一句話就是「妳一個人嗎」，有夠老土。

司波同學笑著朝背後一瞥。

她的視線前方不遠處，可以看見那傢伙正背靠柱子站著。

哼！耍什麼帥！

不過我心想，既然那傢伙雪中送炭，那我就不客氣地拿來用吧。

閒話家常好一陣子之後，我擠出勇氣說出口了。

這一個月能跟妳待在同一間教室，我很幸福。

那個人睜大雙眼，接著露出像是花朵燦爛盛開的笑容。

那個人是這麼回應的。

我也很快樂。有機會的話真想再一起求學。

即使是客套話也無妨。

即使以後那個人與我、那個人與那傢伙會發展成何種關係也無妨。

我在內心發誓，我絕對要和那個人在同一所大學共度校園生活。

〔後續等有機會再寫〕

後記

〈師族會議篇〉就此完結。各位看得還愉快嗎？

繼〈古都內亂篇〉的周公瑾，顧傑也在這集退場，因此下一章的敵人會完全不同。我想已經有人猜到接下來的敵人是誰了，不過就等各位實際捧場閱讀吧……

不過稍微預告一下，至今是自己人的角色將會成為敵人擋住去路；至今只提到名字的大人物也會和主角群展開大規模的魔法戰。敬請期待。

啊，但只有深雪和達也為敵這種事不可能發生，這方面請各位放心。

責編大人指出這次的主角在各方面和以往不一樣，我自己也「多少」這麼認為。我不覺得這樣算是角色個性錯亂啦……不曉得各位是何種感覺。

說到角色個性錯亂，我也被問到一条將輝寫成這樣是否沒問題。我個人認為很像青少年的作風就是了。

老實說，我是在不知道「心之內臟起源說」這個論點的情況下，就寫下這次的故事了，真是丟臉。以Google搜尋的時候，會自動完成「心之內臟起源說」這個詞，但我不知道是否真的存在有這種名稱的假設。我在電視看過器官移植導致個性或嗜好改變的案例，既然內臟的情報會傳達到大腦，我認為更換器官影響到大腦是非常有可能的事……雖然是亡羊補牢，但我想去看看相關書籍。

順帶一提，我個人希望精神不是以大腦的電流訊號產生，而是以靈魂的形式存在。

隨著這本第十九集出版，終於可以為各位帶來新的跨媒體情報了。身為作者，作品躍上大銀幕似乎不是什麼大不了的事情，不過畢竟難得有這個機會，我想和工作小組一起努力製作有趣的作品。這部分也敬請期待。內容是原創劇情。

下一集是短篇集。預定會收錄先前在電擊文庫Magazine連載的關於二〇九六年九校戰的章節，以及全新創作的短篇。但還不確定是否會是「第二十集」。大概會命名為「第十三・五集」或「Side B」之類的吧。

感謝各位這次也賞光看到這裡。達也等人也將在下一章晉升為高年級。《魔法科高中的劣等生》也終於要進入最高潮了。

下集的短篇集，以及新章〈動亂之序章篇〉（暫定）也請各位多多指教了。

（佐島 勤）

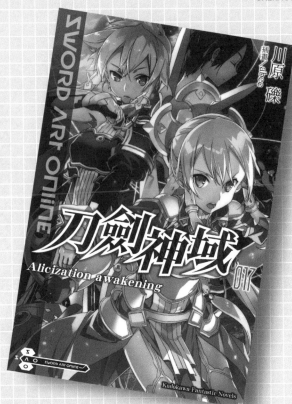

諸星 悠
插畫：甘味みきひろ(アクアプラス)
空戰魔導士培訓生的教官
8
Kadokawa Fantastic Novels

Kadokawa Light Novels

問題兒童的最終考驗 1 待續

Kadokawa Fantastic Novels

作者：竜ノ湖太郎　插畫：ももこ

箱庭神魔遊戲再臨☆
問題兒童的繼承者登場!!

少年西鄉焰收到一封郵件。打開那封郵件的瞬間，他被召喚到了異世界！那是個受到神魔之遊戲——「恩賜遊戲」支配的世界。他將和同時被召喚到異世界的彩里鈴華、久藤彩鳥，以及闊別五年的逆迴十六夜一起挑戰這場甚至波及現實世界的修羅神佛之遊戲！

台灣角川

NT$180/HK$55

國家圖書館出版品預行編目(CIP)資料

魔法科高中的劣等生. 17-19, 師族會議篇 / 佐島勤作 ; 哈泥蛙譯. -- 初版. -- 臺北市 : 臺灣角川,
2016.03-2016.11
冊 ; 公分
譯自 : 魔法科高校の劣等生. 17-19, 師族会議編
ISBN 978-986-366-995-1(上冊 : 平裝). --
ISBN 978-986-473-200-5(中冊 : 平裝). --
ISBN 978-986-473-380-4(下冊 : 平裝)

861.57 105001338

Kadokawa
Fantastic
Novels

魔法科高中的劣等生 19
師族會議篇〈下〉

（原著名：魔法科高校の劣等生19 師族会議編〈下〉）

2016年12月22日 初版第1刷發行
2024年3月22日 初版第4刷發行

作者：佐島 勤
插畫：石田可奈
日版設計：BEE-PEE
譯者：哈泥蛙

發行人：台灣角川股份有限公司
總監：呂慧君
總編輯：蔡佩芬
主編：林秀儒
編輯：黎夢萍
設計指導：陳晞叡
美術設計：黃永漢
印務：李明修（主任）、張加恩（主任）、張凱棋

發行所：台灣角川股份有限公司
地址：104台北市中山區松江路223號3樓
電話：（02）2515-3000
傳真：（02）2515-0033
網址：www.kadokawa.com.tw
劃撥帳戶：台灣角川股份有限公司
劃撥帳號：19487412
法律顧問：有澤法律事務所
製版：巨茂科技印刷有限公司
ISBN：978-986-473-380-4